N. W. Gogol

Wij

Н. В. Гоголь

Вий

Classic Pages

Gogol, N. W./Гоголь Н. В.

Wij/Вий

zweisprachige Ausgabe/двуязычное издание

Reihe: classic pages

Auflage 2010 | ISBN: 978-3-86741-534-7

© Europäischer Hochschulverlag GmbH & Co KG

Umschlag: Zeichnung von A. N. Fantalow „Wij"
/Обложка: рисунок А. Н. Фанталова «Вий».

www.classic-pages.de

Wij

Вий

Der Wij[1]

Sowie in Kijew am Morgen die ziemlich helle Glocke ertönte, die am Tore des Brüderklosters hing, strömten die Scholaren und Seminaristen von allen Enden der Stadt in Haufen herbei. Die Grammatiker, die Rhetoriker, die Philosophen und die Theologen zogen mit ihren Heften unter dem Arm in ihre Schulen. Die Grammatiker waren noch sehr klein; unterwegs stießen sie einander und schimpften mit ganz feinen Diskantstimmen; sie hatten fast alle zerrissene und schmierige Kleider an, und ihre Taschen waren stets mit allerlei unnützen Dingen vollgestopft, wie: Spielknöcheln, aus Federkielen verfertigten Pfeifen, angebissenen Kuchen und oft sogar jungen Spatzen, von denen manchmal der eine oder andere in der tiefen Stille, die in der Klasse herrschte, zu zwitschern begann, was seinem Patron ordentliche Schläge auf beide Hände und zuweilen auch Prügel mit Ruten aus Kirschbaumzweigen einbrachte. Die Rhetoriker waren solider: ihre Kleidung war oft vollkommen ganz, aber dafür hatten ihre Gesichter fast immer irgendeine Verzierung in Gestalt kleiner rhetorischer Tropen: entweder war das eine Auge fast ganz von der geschwollenen Stirn verdeckt, oder sie hatten statt einer Lippe eine große Blase oder irgendein anderes besonderes Kennzeichen; sie sprachen und schworen im Tenor. Die Philosophen griffen aber eine ganze Oktave tiefer; in ihren Taschen hatten sie nichts als starken Tabak.

---

[1] Der Wij ist eine kolossale Schöpfung der Volksphantasie. So nennen die Kleinrussen den König der Gnomen, dessen Augenlider bis an die Erde reichen. Diese ganze Erzählung ist eine Volksüberlieferung. Ich wollte an ihr nichts ändern und gebe sie hier fast ebenso schlicht wieder, wie ich sie gehört habe. (Anmerkung Gogols)

ВИЙ[1]

Как только ударял в Киеве поутру довольно звонкий семинарский колокол, висевший у ворот Братского монастыря, то уже со всего города спешили толпами школьники и бурсаки. Грамматики, риторы, философы и богословы, с тетрадями под мышкой, брели в класс. Грамматики были еще очень малы; идя, толкали друг друга и бранились между собою самым тоненьким дискантом; они были все почти в изодранных или запачканных платьях, и карманы их вечно были наполнены всякою дрянью; как-то: бабками, свистелками, сделанными из перышек, недоеденным пирогом, а иногда даже и маленькими воробьенками, из которых один, вдруг чиликнув среди необыкновенной тишины в классе, доставлял своему патрону порядочные пали в обе руки, а иногда и вишневые розги. Риторы шли солиднее: платья у них были часто совершенно целы, но зато на лице всегда почти бывало какое-нибудь украшение в виде риторического тропа: или один глаз уходил под самый лоб, или вместо губы целый пузырь, или какая-нибудь другая примета; эти говорили и божились между собою тенором. Философы целою октавою брали ниже: в карманах их, кроме крепких табачных корешков, ничего не было.

---

[1] Вий - есть колоссальное создание простонародного воображения. Таким именем называется у малороссиян начальник гномов, у которого веки на глазах идут до самой земли. Вся эта повесть есть народное предание. Я не хотел ни в чем изменить его и рассказываю почти в такой же простоте, как слышал. (Прим. Н.В.Гоголя.)

Sie legten sich keinerlei Vorräte an und verzehrten alles, was ihnen in die Hand fiel, auf der Stelle. Sie rochen nach Pfeife und Schnaps, zuweilen so weit, daß mancher vorübergehende Handwerker stehenblieb und lange wie ein Jagdhund in der Luft schnupperte.

Erst um diese Stunde begann der Marktplatz sich zu beleben, und die Händlerinnen, die Brezeln, Semmeln, Melonenkörner und Mohnkuchen feilboten, zupften diejenigen Scholaren an den Rockschößen, deren Röcke aus feinem Tuch oder Baumwollstoff waren.

»Junge Herren, junge Herren! Hierher, hierher!« schrien sie von allen Seiten. »Brezeln, Mohnkuchen, Brötchen, Pasteten! Sie sind gut! Bei Gott, sie sind gut! Auf Honig! Habe sie selbst gebacken!«

Eine andere hob etwas Längliches, aus Teig Geflochtenes in die Höhe und schrie: »Da ist eine Zuckerstange! Junge Herren, kauft die Zuckerstange!«

»Kauft nichts bei der! Seht doch, wie widerlich sie ist: die häßliche Nase, die schmutzigen Hände...«

Mit den Philosophen und Theologen ließen sie sich aber niemals ein, denn die Philosophen und Theologen liebten es, von allem zu probieren, und zwar immer mit vollen Händen.

Im Seminar verteilte sich die ganze Schar in den Klassen, die sich in den niedern, aber ziemlich geräumigen Zimmern mit kleinen Fenstern, breiten Türen und beschmierten Bänken befanden. Die Klassenzimmer füllten sich plötzlich mit einem vielstimmigen Summen: die Auditoren hörten ihren Schülern die Lektionen ab; der helle Diskant eines

Запасов они не делали никаких и все, что попадалось, съедали тогда же; от них слышалась трубка и горелка иногда так далеко, что проходивший мимо ремесленник долго еще, остановившись, нюхал, как гончая собака, воздух.

Рынок в это время обыкновенно только что начинал шевелиться, и торговки с бубликами, булками, арбузными семечками и маковниками дергали наподхват за полы тех, у которых полы были из тонкого сукна или какой-нибудь бумажной материи.

- Паничи! паничи! сюды! сюды! - говорили они со всех сторон. - Ось бублики, маковники, вертычки, буханци хороши! ей-богу, хороши! на меду! сама пекла!

Другая, подняв что-то длинное, скрученное из теста, кричала:

- Ось сусулька! паничи, купите сусульку!

- Не покупайте у этой ничего: смотрите, какая она скверная - и нос нехороший, и руки нечистые...

Но философов и богословов они боялись задевать, потому что философы и богословы всегда любили брать только на пробу и притом целою горстью.

По приходе в семинарию вся толпа размещалась по классам, находившимся в низеньких, довольно, однако же, просторных комнатах с небольшими окнами, с широкими дверьми и запачканными скамьями.

Grammatikers hatte den gleichen Ton wie die Fensterscheibe, und das Glas antwortete auf seine Stimme mit einem fast unveränderten Ton; in einer Ecke brummte ein Rhetoriker, dessen Mund und dicke Lippen wenigstens einem Philosophen hätten angehören müssen. Er brummte mit einer Baßstimme, und aus der Ferne hörte man nichts als: »Bu, bu, bu...« Während die Auditoren die Lektionen abhörten, schielten sie mit einem Auge unter die Bank, wo aus der Tasche des ihnen unterstellten Scholaren eine Semmel oder ein Quarkkuchen oder Kürbiskörner hervorblickten.

Wenn diese ganze gelehrte Gesellschaft etwas früher als sonst zur Stelle war, oder wenn man wußte, daß die Professoren später als sonst kommen würden, veranstaltete man auf allgemeine Verabredung eine Schlacht, an der alle teilnehmen mußten, sogar die Zensoren, deren Obliegenheit es war, auf die Ordnung und die Moral des ganzen Schülerstandes aufzupassen. Gewöhnlich bestimmten zwei Theologen, wie die Schlacht stattzufinden hatte: ob jede Klasse für sich zu kämpfen hatte, oder ob sich alle in zwei Parteien: die Bursa[2] und das Seminar teilen mußten. In jedem Falle begannen die Grammatiker den Kampf; sobald aber die Rhetoriker sich einmischten, ergriffen sie die Flucht und stellten sich auf die Bänke und andere erhöhte Plätze, um der Schlacht zuzusehen. Dann kam die Philosophie mit den langen schwarzen Schnurrbärten an die Reihe, und zuletzt die Theologie mit ihren gräßlichen Pumphosen und dicken Hälsen. Die Sache endete gewöhnlich damit, daß die Theologie alle besiegte und die Philosophie, sich die Seiten reibend, in die Klassenzimmer retirierte und sich auf die

---

[2] Bursa – Konvikt an einem Seminar.

Класс наполнялся вдруг разноголосными жужжаниями: авдиторы выслушивали своих учеников; звонкий дискант грамматика попадал как раз в звон стекла, вставленного в маленькие окна, и стекло отвечало почти тем же звуком; в углу гудел ритор, которого рот и толстые губы должны бы принадлежать, по крайней мере, философии. Он гудел басом, и только слышно было издали: бу, бу, бу, бу... Авдиторы, слуша урок, смотрели одним глазом под скамью, где из кармана подчиненного бурсака выглядывала булка, или вареник, или семена из тыкв.

Когда вся эта ученая толпа успевала приходить несколько ранее или когда знали, что профессора будут позже обыкновенного, тогда, со всеобщего согласия, замышляли бой, и в этом бою должны были участвовать все, даже и цензора, обязанные смотреть за порядком и нравственностью всего учащегося сословия. Два богослова обыкновенно решали, как происходить битве: каждый ли класс должен стоять за себя особенно или все должны разделиться на две половины: на бурсу и семинарию. Во всяком случае, грамматики начинали прежде всех, и как только вмешивались риторы, они уже бежали прочь и становились на возвышениях наблюдать битву. Потом вступала философия с черными длинными усами, а наконец и богословия, в ужасных шароварах и с претолстыми шеями. Обыкновенно оканчивалось тем, что богословия побивала всех, и философия, почесывая бока, была теснима в класс и помещалась отдыхать на скамьях.

Bänke setzte, um auszuruhen. Der Professor, der in einem solchen Augenblick die Klasse betrat und der zu seiner Zeit auch selbst an ähnlichen Kämpfen teilgenommen hatte, merkte sofort an den glühenden Gesichtern seiner Zuhörer, daß die Schlacht nicht übel gewesen war; während er den Rhetorikern mit Ruten auf die Finger schlug, behandelte ein anderer Professor in einer anderen Klasse auf ähnliche Weise die Hände der Philosophen. Mit den Theologen wurde aber ganz anders verfahren: sie bekamen, wie sich der Professor der Theologie ausdrückte, je ein Maß »grober Erbsen« das mit kurzen Lederriemen verabreicht wurde.

An Festen und Feiertagen zogen die Seminaristen und die Bursaken[3] mit Krippen von Haus zu Haus. Manchmal spielten sie auch eine Komödie, wobei sich meistens irgendein Theologe auszeichnete, der an Länge dem höchsten Glockenturm von Kijew wenig nachstand und entweder die Herodias oder die Frau Potiphar, die Gattin des ägyptischen Kämmerers, darstellte. Zum Lohne bekamen sie ein Stück Leinwand, oder einen Sack Hirse, oder eine halbe gebratene Gans oder dergleichen. Dieses ganze gelehrte Volk – wie das Seminar, so auch die Bursa, zwischen denen eine Erbfeindschaft bestand – war an Subsistenzmitteln außerordentlich arm, zeichnete sich aber zugleich durch eine außergewöhnliche Gefräßigkeit aus, so daß es ganz unmöglich war, zu berechnen, wieviel Klöße ein jeder von ihnen beim Abendbrot verzehren konnte; die freiwilligen Gaben der wohlhabenden Hausbesitzer reichten daher gewöhnlich nicht aus. In solchen Fällen sandte der Senat, der aus Philosophen und Theologen bestand, die Grammatiker und Rhetoriker unter

---

[3] Bursak – Zögling der Bursa.

Профессор, входивший в класс и участвовавший когда-то сам в подобных боях, в одну минуту, по разгоревшимся лицам своих слушателей, узнавал, что бой был недурен, и в то время, когда он сек розгами по пальцам риторику, в другом классе другой профессор отделывал деревянными лопатками по рукам философию. С богословами же было поступаемо совершенно другим образом: им, по выражению профессора богословия, отсыпалось по мерке крупного гороху, что состояло в коротеньких кожаных канчуках.

В торжественные дни и праздники семинаристы и бурсаки отправлялись по домам с вертепами. Иногда разыгрывали комедию, и в таком случае всегда отличался какой-нибудь богослов, ростом мало чем пониже киевской колокольни, представлявший Иродиаду или Пентефрию, супругу египетского царедворца. В награду получали они кусок полотна, или мешок проса, или половину вареного гуся и тому подобное.

Весь этот ученый народ, как семинария, так и бурса, которые питали какую-то наследственную неприязнь между собою, был чрезвычайно беден на средства к прокормлению и притом необыкновенно прожорлив; так что сосчитать, сколько каждый из них уписывал за вечерею галушек, было бы совершенно невозможное дело; и потому доброхотные пожертвования зажиточных владельцев не могли быть достаточны. Тогда сенат, состоявший из философов и богословов, отправлял грамматиков и риторов под предводительством одного философа, - а иногда присоединялся и сам, - с

der Anführung eines Philosophen, – zuweilen schloß sich ihnen auch der Senat selbst an, – mit Säcken auf den Schultern aus, um die fremden Gemüsegärten zu plündern; nachher gab es in der Bursa einen Kürbisbrei. Die Senatoren überaßen sich so sehr an Melonen und Wassermelonen, daß die Auditoren von ihnen am nächsten Tage statt einer Lektion zwei Lektionen zu hören bekamen: die eine kam aus dem Munde, die andere brummte im Magen des Senators. Die Seminaristen und die Bursaken trugen seltsame lange Röcke, die sich »bis in diese Zeit erstreckten«: dieser technische Ausdruck bedeutete »bis an die Fersen«.

Das feierlichste Ereignis für das Seminar waren die Ferien: die Zeit vom Monat Juli ab, wo man die Bursa nach Hause entließ. Um diese Zeit wimmelte die ganze Landstraße von Grammatikern, Philosophen und Theologen. Wer nicht ein eigenes Heim hatte, zog zu einem seiner Kameraden. Die Philosophen und Theologen gingen in »Kondition«, das heißt sie übernahmen es, die Kinder wohlhabender Leute zu unterrichten und für die Schule vorzubereiten. Sie bekamen dafür einmal im Jahre ein Paar Stiefel und manchmal auch Tuch zu einem neuen Rock. Die ganze Gesellschaft zog zusammen wie eine Zigeunerbande, kochte sich ihren Brei und übernachtete im freien Felde. Ein jeder hatte einen Sack, in dem sich ein Hemd und ein Paar Fußlappen befanden. Die Theologen waren besonders sparsam und genau: um die Stiefel zu schonen, zogen sie sie aus und trugen sie an einem Stock auf den Schultern; sie taten es mit Vorliebe, wenn es auf der Straße schmutzig war. Sie krempelten dann ihre Pumphosen bis zu den Knien auf und wateten furchtlos durch die Pfützen, so daß es nur so spritzte.

мешками на плечах опустошать чужие огороды. И в бурсе появлялась каша из тыкв. Сенаторы столько объедались арбузов и дынь, что на другой день авдиторы слышали от них вместо одного два урока: один происходил из уст, другой ворчал в сенаторском желудке. Бурса и семинария носили какие-то длинные подобия сюртуков, простиравшихся по сие время: слово техническое, означавшее - далее пяток.

Самое торжественное для семинарии событие было вакансии - время с июня месяца, когда обыкновенно бурса распускалась по домам. Тогда всю большую дорогу усеивали грамматики, философы и богословы. Кто не имел своего приюта, тот отправлялся к кому-нибудь из товарищей. Философы и богословы отправлялись на кондиции, то есть брались учить или приготовлять детей людей зажиточных, и получали за то в год новые сапоги, а иногда и на сюртук. Вся ватага эта тянулась вместе целым табором; варила себе кашу и ночевала в поле. Каждый тащил за собою мешок, в котором находилась одна рубашка и пара онуч. Богословы особенно были бережливы и аккуратны: для того чтобы не износить сапогов, они скидали их, вешали на палки и несли на плечах, особенно когда была грязь. Тогда они, засучив шаровары по колени, бесстрашно разбрызгивали своими ногами лужи.

Sobald sie irgendwo abseits ein Dorf sahen, schwenkten sie von der Landstraße ab, gingen auf ein Haus, das stattlicher als die andern war, zu, stellten sich vor den Fenstern in einer Reihe auf und sangen aus vollem Halse einen Kantus. Der Besitzer des Hauses, irgendein alter Kosak, hörte ihnen lange, den Kopf in beide Hände gestützt, zu, fing dann zu schluchzen an und sprach zu seiner Frau: »Frau! Was die Scholaren singen, ist wohl sehr gescheit; bring ihnen etwas Speck hinaus, oder was wir sonst noch haben.« Nun flog eine volle Schüssel Quarkkuchen in den Sack; auch ein ordentliches Stück Speck, einige Brote und manchmal auch ein zusammengebundenes Huhn fanden darin Platz. Mit solchen Vorräten gestärkt, setzten die Grammatiker, Rhetoriker, Philosophen und Theologen ihren Weg fort. Je weiter sie gingen, um so kleiner wurde ihre Zahl. Fast alle verliefen sich in den Häusern, und nur diejenigen, deren Elternhaus weiter entfernt lag, blieben übrig.

Auf einer solchen Wanderung verließen einmal drei Bursaken, deren Sack seit langem leer war, die Landstraße mit der Absicht, sich im ersten besten Gehöft mit Proviant zu versehen. Es waren dies: der Theologe Chaljawa, der Philosoph Choma Brut und der Rhetoriker Tiberius Gorobetz.

Der Theologe war ein sehr groß gewachsener, breitschultriger Mann und hatte einen sehr seltsamen Charakter: er stahl alles, was in seine Nähe kam. Sonst war seine Gemütsart außerordentlich finster, und wenn er sich betrank, so pflegte er sich im Gebüsch zu verstecken, und die Seminarbehörden hatten große Mühe, ihn dort aufzufinden.

Как только завидывали в стороне хутор, тотчас сворочали с большой дороги и, приблизившись к хате, выстроенной поопрятнее других, становились перед окнами в ряд и во весь рот начинали петь кант. Хозяин хаты, какой-нибудь старый козак-поселянин, долго их слушал, подпершись обеими руками, потом рыдал прегорько и говорил, обращаясь к своей жене: "Жинко! то, что поют школяры, должно быть очень разумное; вынеси им сала и что-нибудь такого, что у нас есть!" И целая миска вареников валилась в мешок. Порядочный кус сала, несколько паляниц, а иногда и связанная курица помещались вместе. Подкрепившись таким запасом грамматики, риторы, философы и богословы опять продолжали путь. Чем далее, однако же, шли они, тем более уменьшалась толпа их. Все почти разбродились по домам, и оставались те, которые имели родительские гнезда далее других.

Один раз во время подобного странствования три бурсака своротили с большой дороги в сторону, с тем чтобы в первом попавшемся хуторе запастись провиантом, потому что мешок у них давно уже был пуст. Это были: богослов Халява, философ Хома Брут и ритор Тиберий Горобець.

Богослов был рослый, плечистый мужчина и имел чрезвычайно странный нрав: все, что ни лежало, бывало, возле него, он непременно украдет. В другом случае характер его был чрезвычайно мрачен, и когда напивался он пьян, то прятался в бурьяне, и семинарии стоило большого труда его сыскать там.

Der Philosoph Choma Brut war von heiterem Temperament und liebte es sehr, träge dazuliegen und seine Pfeife zu rauchen; wenn er trank, ließ er sich unbedingt Spielleute kommen und tanzte den Trepak. Er bekam sehr oft von den »groben Erbsen« zu kosten, nahm es aber mit philosophischem Gleichmut auf und sagte nur, daß niemand seinem Schicksal entgehen könne.

Der Rhetoriker Tiberius Gorobetz hatte noch nicht das Recht, einen Schnurrbart zu tragen, Schnaps zu trinken und Pfeife zu rauchen. Er trug nur den kurzen Kosakenschopf, und sein Charakter war daher noch wenig entwickelt. Aber die großen Beulen auf der Stirn, mit denen er manchmal in die Klasse kam, ließen darauf schließen, daß er einmal ein tüchtiger Krieger werden würde. Der Theologe Chaljawa und der Philosoph Brut zerrten ihn oft zum Zeichen ihrer Gunst am Schopfe und gebrauchten ihn als Deputierten.

Es war schon Abend, als sie von der Landstraße abschwenkten; die Sonne war eben untergegangen, aber die Wärme des Tages noch in der Luft geblieben. Der Theologe und der Philosoph schritten schweigsam mit der Pfeife im Munde einher; der Rhetoriker Tiberius Gorobetz schlug mit seinem Stock den Disteln, die längs der Straße wuchsen, die Köpfe ab. Der Weg zog sich zwischen Gruppen von Eichen- und Nußbäumen, die über die Wiesen verstreut waren. Hie und da ragten Hügel und kleine Berge in der Ebene, grün und rund wie Kirchenkuppeln. Ein an zwei Stellen sichtbares Kornfeld ließ darauf schließen, daß sich bald ein Dorf zeigen würde. Aber es war schon mehr als eine Stunde vergangen, seitdem sie die Ackerstreifen bemerkt hatten, und noch immer war keine menschliche Behausung zu sehen.

Философ Хома Брут был нрава веселого. Любил очень лежать и курить люльку. Если же пил, то непременно нанимал музыкантов и отплясывал тропака. Он часто пробовал крупного гороху, но совершенно с философическим равнодушием, - говоря, что чему быть, того не миновать.

Ритор Тиберий Горобець еще не имел права носить усов, пить горелки и курить люльки. Он носил только оселедец, и потому характер его в то время еще мало развился; но, судя по большим шишкам на лбу, с которыми он часто являлся в класс, можно было предположить, что из него будет хороший воин. Богослов Халява и философ Хома часто дирали его за чуб в знак своего покровительства и употребляли в качестве депутата.

Был уже вечер, когда они своротили с большой дороги. Солнце только что село, и дневная теплота оставалась еще в воздухе. Богослов и философ шли молча, куря люльки; ритор Тиберий Горобець сбивал палкою головки с будяков, росших по краям дороги. Дорога шла между разбросанными группами дубов и орешника, покрывавшими луг. Отлогости и небольшие горы, зеленые и круглые, как куполы, иногда перемежевывали равнину. Показавшаяся в двух местах нива с вызревавшим житом давала знать, что скоро должна появиться какая-нибудь деревня. Но уже более часу, как они минули хлебные полосы, а между тем им не попадалось никакого жилья.

Die Dämmerung hatte den Himmel schon ganz verdunkelt, und nur im Westen schimmerte noch ein schmaler blutroter Streifen.

»Zum Teufel!« sagte der Philosoph Choma Brut. »Es sah doch aus, als müßte gleich ein Gehöft kommen.«

Der Theologe schwieg und blickte nach allen Seiten. Dann nahm er seine Pfeife wieder in den Mund, und sie setzten ihren Weg fort.

»Bei Gott!« sagte der Philosoph, von neuem stehenbleibend. »Nichts ist zu sehen, weiß der Teufel!«

»Vielleicht wird doch noch irgendein Gehöft kommen«, sagte der Theologe, ohne die Pfeife aus dem Munde zu nehmen.

Inzwischen war aber die Nacht angebrochen, eine ziemlich dunkle Nacht. Kleine Wolken verstärkten noch die Finsternis, und allem Anscheine nach waren weder Mond noch Sterne zu erwarten. Die Bursaken merkten, daß sie sich verirrt hatten und sich längst nicht mehr auf dem richtigen Wege befanden.

Der Philosoph tastete mit dem Fuß nach allen Seiten und sagte schließlich erregt: »Wo ist denn der Weg?«

Der Theologe schwieg eine Weile, überlegte sich die Sache hin und her und versetzte: »Ja, die Nacht ist finster.«

Der Rhetoriker ging auf die Seite und versuchte, auf allen vieren kriechend, den Weg zu finden; aber seine Hände stießen nur auf Fuchslöcher. Ringsumher war nichts als die

Сумерки уже совсем омрачили небо, и только на западе бледнел остаток алого сияния.

- Что за черт! - сказал философ Хома Брут, - сдавалось совершенно, как будто сейчас будет хутор.

Богослов помолчал, поглядел по окрестностям, потом опять взял в рот свою люльку, и все продолжали путь.

- Ей-богу! - сказал, опять остановившись, философ. - Ни чертова кулака не видно.

- А может быть, далее и попадется какой-нибудь хутор, - сказал богослов, не выпуская люльки.

Но между тем уже была ночь, и ночь довольно темная. Небольшие тучи усилили мрачность, и, судя по всем приметам, нельзя было ожидать ни звезд, ни месяца. Бурсаки заметили, что они сбились с пути и давно шли не по дороге.

Философ, пошаривши ногами во все стороны, сказал наконец отрывисто:

- А где же дорога?

Богослов помолчал и, надумавшись, примолвил:

- Да, ночь темная.

Ритор отошел в сторону и старался ползком нащупать дорогу, но руки его попадали только в лисьи норы. Везде была одна степь, по которой, казалось, никто

Steppe, über die anscheinend noch kein Mensch gefahren war.

Die Wanderer gingen noch etwas weiter, stießen aber überall auf die gleiche Wildnis. Der Philosoph versuchte zu rufen, aber seine Stimme verhallte ungehört. Etwas später ließ sich ein schwaches Stöhnen vernehmen, das wie das Heulen eines Wolfes klang.

»Hört ihr es! Was ist da zu tun?« sagte der Philosoph.

»Was da zu tun ist? Wir müssen hier bleiben und im Felde übernachten!« erwiderte der Theologe, indem er aus der Tasche sein Feuerzeug hervorholte, um sich von neuem die Pfeife anzuzünden. Diese Aussicht paßte aber dem Philosophen gar nicht; er hatte die Angewohnheit, vor dem Schlafengehen mindestens zwanzig Pfund Brot und an die vier Pfund Speck zu verzehren, und fühlte diesmal eine unerträgliche Leere im Magen. Außerdem hatte der Philosoph, trotz seines heiteren Temperaments, einige Angst vor den Wölfen. »Nein, Chaljawa, das geht nicht«, sagte er. »Wie kann man sich nur so wie ein Hund hinlegen, ohne sich gestärkt zu haben? Machen wir noch einen Versuch: vielleicht stoßen wir doch noch auf irgendeine Behausung, vielleicht gelingt es uns wenigstens, ein Glas Schnaps vor dem Einschlafen zu trinken.«

Bei dem Worte »Schnaps« spuckte der Theologe auf die Seite und versetzte: »Natürlich hat es gar keinen Sinn, im Felde zu bleiben.«

Die Bursaken gingen weiter und hörten zu ihrer großen Freude etwas wie Hundegebell. Nachdem sie festgestellt

не ездил. Путешественники еще сделали усилие пройти несколько вперед, но везде была та же дичь. Философ попробовал перекликнуться, но голос его совершенно заглох по сторонам и не встретил никакого ответа. Несколько спустя только послышалось слабое стенание, похожее на волчий вой.

- Вишь, что тут делать? - сказал философ.

- А что? оставаться и заночевать в поле! - сказал богослов и полез в карман достать огниво и закурить снова свою люльку. Но философ не мог согласиться на это. Он всегда имел обыкновение упрятать на ночь полпудовую краюху хлеба и фунта четыре сала и чувствовал на этот раз в желудке своем какое-то несносное одиночество. Притом, несмотря на веселый нрав свой, философ боялся несколько волков.

- Нет, Халява, не можно, - сказал он. - Как же, не подкрепив себя ничем, растянуться и лечь так, как собаке? Попробуем еще; может быть, набредем на какое-нибудь жилье и хоть чарку горелки удастся выпить из ночь.

При слове "горелка" богослов сплюнул в сторону и примолвил:

- Оно конечно, в поле оставаться нечего.

Бурсаки пошли вперед, и, к величайшей радости их, в отдалении почудился лай. Прислушавшись, с кото-

hatten, von welcher Seite das Gebell kam, gingen sie mit gehobenem Mut weiter und erblickten bald ein Licht. »Ein Gehöft! Bei Gott, ein Gehöft!« sagte der Philosoph.

Die Vermutung betrog ihn nicht: sie sahen nach einer Weile tatsächlich eine kleine Siedlung, die aus nur zwei Hütten und einem Hof bestand. In den Fenstern schimmerte Licht; hinter dem Zaun ragten an die zehn Pflaumenbäume. Die Bursaken blickten durch das durchbrochene Brettertor und sahen einen Hof, der voller Salzfuhren war. In diesem Augenblick erstrahlten am Himmel einige Sterne.

»Aufgepaßt, Brüder, jetzt heißt es einig sein! Es koste, was es wolle, wir müssen uns ein Nachtquartier verschaffen!«

Die drei gelehrten Männer klopften mit vereinten Kräften an das Tor und schrien:

»Macht auf!«

In einer der beiden Hütten knarrte die Tür, und einen Augenblick später sahen die Bursaken eine alte Frau in einem Schafspelz vor sich.

»Wer ist da?« rief sie und hustete dumpf.

»Großmutter, laß uns übernachten: wir haben uns verirrt; im Felde ist es so öde wie in einem hungrigen Magen.«

»Was seid ihr für ein Volk?«

рой стороны, они отправились бодрее и, немного пройдя, увидели огонек.

- Хутор! ей-богу, хутор! - сказал философ.

Предположения его не обманули: через несколько времени они свидели, точно, небольшой хуторок, состоявший из двух только хат, находившихся в одном и том же дворе. В окнах светился огонь. Десяток сливных дерев торчало под тыном. Взглянувши в сквозные дощатые ворота, бурсаки увидели двор, установленный чумацкими возами. Звезды кое-где глянули в это время на небе.

- Смотрите же, братцы, не отставать! во что бы то ни было, а добыть ночлега!

Три ученые мужа яростно ударили в ворота и закричали:

- Отвори!

Дверь в одной хате заскрыпела, и минуту спустя бурсаки увидели перед собою старуху в нагольном тулупе.

- Кто там? - закричала она, глухо кашляя.

- Пусти, бабуся, переночевать. Сбились с дороги. Так в поле скверно, как в голодном брюхе.

- А что вы за народ?

»Ein harmloses Volk: der Theologe Chaljawa, der Philosoph Brut und der Rhetoriker Gorobetz.«

»Es geht nicht«, brummte die Alte. »Mein Hof ist voller Leute, und auch in der Hütte sind alle Winkel besetzt. Wo soll ich euch unterbringen? Dazu seid ihr noch so große, kräftige Burschen! Meine Hütte fällt auseinander, wenn ich euch hereinlasse. Ich kenne diese Philosophen und Theologen: wenn man solche Trunkenbolde aufnimmt, ist man bald ohne Haus und Hof. Geht nur weiter! Hier ist kein Platz für euch!«

»Hab Erbarmen, Großmutter! Kann man denn Christenmenschen so mir nichts dir nichts umkommen lassen? Bring uns unter, wo du willst, und wenn wir nur irgend etwas anstellen, so mögen uns die Hände verdorren, möge uns Gott weiß was zustoßen – das sagen wir dir!«

Die Alte schien ein wenig gerührt. »Schön«, sagte sie, noch etwas unentschlossen. »Ich will euch hereinlassen, werde euch aber getrennt unterbringen, sonst habe ich keine Ruhe, wenn ihr alle beieinander liegt.«

»Tu, wie du willst, wir werden dir nicht widersprechen«, antworteten die Bursaken.

Das Tor knarrte, und sie traten in den Hof.

»Wie ist es nun, Großmutter«, sagte der Philosoph, während er der Alten folgte. »Könntest du uns nicht, sozusagen ... Bei Gott, es ist mir im Magen so, als ob jemand darin mit Rädern herumführe: seit dem frühen Morgen habe ich keinen Bissen im Munde gehabt.«

- Да народ необидчивый: богослов Халява, философ Брут и ритор Горобець.

- Не можно, - проворчала старуха, - у меня народу полон двор, и все углы в хате заняты. Куды я вас дену? Да еще всё какой рослый и здоровый народ! Да у меня и хата развалится, когда помещу таких. Я знаю этих философов и богословов. Если таких пьяниц начнешь принимать, то и двора скоро не будет. Пошли! пошли! Тут вам нет места.

- Умилосердись, бабуся! Как же можно, чтобы христианские души пропали ни за что ни про что? Где хочешь помести нас. И если мы что-нибудь, как-нибудь того или какое другое что сделаем, - то пусть нам и руки отсохнут, и такое будет, что бог один знает. Вот что!

Старуха, казалось, немного смягчилась.

- Хорошо, - сказала она, как бы размышляя, - я впущу вас; только положу всех в разных местах: а то у меня не будет спокойно на сердце, когда будете лежать вместе.

- На то твоя воля; не будем прекословить, - отвечали бурсаки.

Ворота заскрыпели, и они вошли во двор.

- А что, бабуся, - сказал философ, идя за старухой, - если бы так, как говорят... ей-богу, в животе как будто

»Was du nicht alles willst!« rief die Alte. »Nein, ich habe nichts im Hause, und der Herd war heute auch gar nicht geheizt.«

»Wir werden ja morgen früh alles mit barem Gelde bezahlen«, fuhr der Philosoph fort. »Ja«, fügte er leise hinzu: »soll mich der Teufel holen, wenn du von mir etwas bekommst!«

»Geht, geht, und seid zufrieden mit dem, was man euch gibt! Mußte mir auch der Teufel so vornehme junge Herren auf den Hals schicken!«

Der Philosoph Choma wurde bei diesen Worten ganz traurig. Plötzlich witterte aber seine Nase den Geruch von gedörrtem Fisch; er warf einen Blick auf die Pumphosen des Theologen, der neben ihm ging, und sah einen riesigen Fischschwanz aus der Tasche herausragen: der Theologe hatte es schon fertiggebracht, von einer der Fuhren eine ganze Karausche zu stehlen. Da er es nicht aus Eigennutz, sondern ausschließlich aus Gewohnheit getan hatte und schon wieder nach allen Seiten auspähte, ob es nicht noch irgend etwas, und wenn es auch nur ein zerbrochenes Rad wäre, zu stehlen gäbe, an die Karausche aber gar nicht mehr dachte, – so steckte der Philosoph Choma seine Hand in die Tasche des Theologen, als wäre es seine eigene, und nahm die Karausche zu sich.

Die Alte brachte die Bursaken getrennt unter: sie quartierte den Rhetoriker in der Stube ein, sperrte den Theologen in eine leere Kammer und den Philosophen in einen gleichfalls leeren Schafstall.

кто колесами стал ездить. С самого утра вот хоть бы щепка была во рту.

- Вишь, чего захотел! - сказала старуха. - Нет у меня, нет ничего такого, и печь не топилась сегодня.

- А мы бы уже за все это, - продолжал философ, - расплатились бы завтра как следует - чистоганом. Да, - продолжал он тихо, - черта с два получишь ты что-нибудь!

- Ступайте, ступайте! и будьте довольны тем, что дают вам. Вот черт принес какие нежных паничей!

Философ Хома пришел в совершенное уныние от таких слов. Но вдруг нос его почувствовал запах сушеной рыбы. Он глянул на шаровары богослова, шедшего с ним рядом, и увидел, что из кармана его торчал преогромный рыбий хвост: богослов уже успел подтибрить с воза целого карася. И так как он это производил не из какой-нибудь корысти, но единственно по привычке, и, позабывши совершенно о своем карасе, уже разглядывал, что бы такое стянуть другое, не имея намерения пропустить даже изломанного колеса, - то философ Хома запустил руку в его карман, как в свой собственный, и вытащил карася.

Старуха разместила бурсаков: ритора положила в хате, богослова заперла в пустую комору, философу отвела тоже пустой овечий хлев.

Als der Philosoph allein geblieben war, verschlang er sofort die Karausche, untersuchte die geflochtenen Wände des Stalles, stieß mit dem Fuße nach einem neugierigen Schweine, das seine Schnauze aus einem Nachbarstalle hereinsteckte, legte sich auf die rechte Seite und schlief wie ein Toter ein. Plötzlich öffnete sich die niedere Tür, und die Alte trat gebückt in den Stall.

»Was willst du denn hier, Großmutter?« fragte der Philosoph.

Aber die Alte ging mit ausgebreiteten Armen gerade auf ihn zu.

– Ach so! – dachte sich der Philosoph. – Nein, meine Liebe, du bist mir zu alt! –

Er rückte etwas von ihr weg, aber die Alte ging ohne Umstände auf ihn los.

»Hör einmal, Großmutter!« sagte der Philosoph. »Jetzt ist's Fastenzeit, und ich bin ein Mensch, der sich um diese Zeit auch nicht für tausend Dukaten versündigt!«

Die Alte breitete noch immer, ohne ein Wort zu sagen, ihre Arme aus und suchte ihn zu erhaschen.

Dem Philosophen wurde es ganz unheimlich zumute, besonders als er sah, daß ihre Augen in einem seltsamen Glanze aufleuchteten. »Großmutter! Was fällt dir ein? Geh, geh mit Gott!« schrie er sie an.

Die Alte sprach kein Wort und griff nach ihm mit den Händen.

Философ, оставшись один, в одну минуту съел карася, осмотрел плетеные стены хлева, толкнул ногою в морду просунувшуюся из другого хлева любопытную свинью и поворотился на другой бок, чтобы заснуть мертвецки. Вдруг низенькая дверь отворилась, и старуха, нагнувшись, вошла в хлев.

- А что, бабуся, чего тебе нужно? - сказал философ.

Но старуха шла прямо к нему с распростертыми руками.

"Эге-гм! - подумал философ. - Только нет, голубушка! устарела". Он отодвинулся немного подальше, но старуха, без церемонии, опять подошла к нему.

- Слушай, бабуся! - сказал философ, - теперь пост; а я такой человек, что и за тысячу золотых не захочу оскоромиться.

Но старуха раздвигала руки и ловила его, не говоря ни слова.

Философу сделалось страшно, особливо когда он заметил, что глаза ее сверкнули каким-то необыкновенным блеском.

- Бабуся! что ты? Ступай, ступай себе с богом! - закричал он.

Но старуха не говорила ни слова и хватала его руками.

Er sprang auf und wollte fliehen; aber die Alte stellte sich in die Tür, durchbohrte ihn mit ihren funkelnden Augen und ging von neuem auf ihn zu.

Der Philosoph wollte sie mit den Händen wegstoßen, merkte aber zu seinem Erstaunen, daß er die Arme nicht heben konnte und daß auch die Füße ihm nicht gehorchten; mit Entsetzen wurde er gewahr, daß er auch kein Wort sprechen konnte: seine Lippen bewegten sich, ohne einen Ton hervorzubringen. Er hörte nur, wie sein Herz pochte; er sah, wie die Alte an ihn herantrat, ihm die Hände zusammenlegte, seinen Kopf herabbeugte, so schnell wie eine Katze auf seinen Rücken sprang und ihm mit einem Besen einen Schlag auf die Seite versetzte. Und er sprengte, sie auf seinen Schultern tragend, wie ein Reitpferd davon. Dies alles spielte sich so schnell ab, daß der Philosoph gar nicht zur Besinnung kommen konnte. Er griff sich mit beiden Händen an die Knie, um seine Beine festzuhalten, aber die Beine bewegten sich, zu seinem größten Erstaunen, gegen seinen Willen und machten Sprünge schneller als ein tscherkessisches Rennpferd. Als sie das Gehöft hinter sich gelassen hatten und vor ihnen sich ein weiter Hohlweg und seitwärts ein kohlschwarzer Wald ausbreitete, sagte er zu sich selbst: – Ach so, das ist ja eine Hexe! –

Die umgekehrte Mondsichel schimmerte am Himmel. Das scheue nächtliche Leuchten legte sich wie eine durchsichtige Decke aus Rauch über die Erde. Wald, Feld, Himmel und Tal – alles schien mit offenen Augen zu schlafen; nicht der leiseste Windhauch regte sich. In der nächtlichen Kühle war etwas Feuchtes und Warmes; die keilförmigen Schatten der Bäume und Sträucher fielen wie Kometenschweife auf die abfallende Ebene: so war die Nacht, in der der Philosoph

Он вскочил на ноги, с намерением бежать, но старуха стала в дверях и вперила на него сверкающие глаза и снова начала подходить к нему.

Философ хотел оттолкнуть ее руками, но, к удивлению, заметил, что руки его не могут приподняться, ноги не двигались; и он с ужасом увидел, что даже голос не звучал из уст его: слова без звука шевелились на губах. Он слышал только, как билось его сердце; он видел, как старуха подошла к нему, сложила ему руки, нагнула ему голову, вскочила с быстротою кошки к нему на спину, ударила его метлой по боку, и он, подпрыгивая, как верховой конь, понес ее на плечах своих. Все это случилось так быстро, что философ едва мог опомниться и схватил обеими руками себя за колени, желая удержать ноги; но они, к величайшему изумлению его, подымались против воли и производили скачки быстрее черкесского бегуна. Когда уже минули они хутор и перед ними открылась ровная лощина, а в стороне потянулся черный, как уголь, лес, тогда только сказал он сам в себе: "Эге, да это ведьма".

Обращенный месячный серп светлел на небе. Робкое полночное сияние, как сквозное покрывало, ложилось легко и дымилось на земле. Леса, луга, небо, долины - все, казалось, как будто спало с открытыми глазами. Ветер хоть бы раз вспорхнул где-нибудь. В ночной свежести было что-то влажно-теплое. Тени от дерев и кустов, как кометы, острыми клинами падали на отлогую равнину. Такая была ночь, когда философ Хома Брут скакал с непонятным всадником на спине.

Choma Brut mit dem geheimnisvollen Reiter auf dem Rücken dahinsprengte. Ein quälendes, unangenehmes und zugleich süßes Gefühl bemächtigte sich immer mehr seines Herzens. Er senkte den Kopf und sah, daß das Gras, das eben erst unter seinen Füßen gewesen war, plötzlich tief und weit entfernt unter ihm lag und daß darüber ein wie ein Bergquell durchsichtiges Wasser floß; und das Gras schien der Grund eines hellen, bis in seine tiefste Tiefe durchsichtigen Meeres zu sein; jedenfalls sah er ganz deutlich, wie er sich darin mit der auf seinem Rücken sitzenden Alten spiegelte. Statt des Mondes sah er eine Sonne leuchten; er hörte die blauen Glockenblumen mit gesenkten Köpfen läuten; er sah, wie aus dem Schilfe eine Nixe hervorschwamm, wie ihr Rücken und ihre runden und prallen, ganz aus lebendem Lichte gewebten Beine schimmerten. Sie wandte sich ihm zu; – schon näherte sich ihm ihr Gesicht mit den hellen, strahlenden, scharfen Augen, die ihm zugleich mit ihrem Gesang tief in die Seele drangen; – schon war sie auf der Oberfläche, zitterte vor hellem Lachen und entfernte sich wieder; dann warf sie sich auf den Rücken, – und ihre wie der Nebel durchsichtigen und wie ungebranntes Porzellan matten Brüste schimmerten am Rande ihrer weißen, elastisch-zarten Rundungen in den Strahlen der Sonne. Das Wasser fiel auf sie in kleinen Tröpfchen, wie Perlen herab. Alle ihre Glieder zittern und sie lacht im Wasser ...

Sieht er es oder sieht er es nicht? Wacht er, oder ist es nur ein Traum? Und was hört er plötzlich? Ist es der Wind oder Musik? Es klingt und klingt, es steigt empor, kommt immer näher heran und dringt ihm in die Seele wie ein unerträglich scharfer Triller ...

Он чувствовал какое-то томительное, неприятное и вместе сладкое чувство, подступавшее к его сердцу. Он опустил голову вниз и видел, что трава, бывшая почти под ногами его, казалось, росла глубоко и далеко и что сверх ее находилась прозрачная, как горный ключ, вода, и трава казалась дном какого-то светлого, прозрачного до самой глубины моря; по крайней мере, он видел ясно, как он отражался в нем вместе с сидевшею на спине старухою. Он видел, как вместо месяца светило там какое-то солнце; он слышал, как голубые колокольчики, наклоняя свои головки, звенели. Он видел, как из-за осоки выплывала русалка, мелькала спина и нога, выпуклая, упругая, вся созданная из блеска и трепета. Она оборотилась к нему - и вот ее лицо, с глазами светлыми, сверкающими, острыми, с пеньем вторгавшимися в душу, уже приближалось к нему, уже было на поверхности и, задрожав сверкающим смехом, удалялось, - и вот она опрокинулась на спину, и облачные перси ее, матовые, как фарфор, не покрытый глазурью, просвечивали пред солнцем по краям своей белой, эластически-нежной окружности. Вода в виде маленьких пузырьков, как бисер, обсыпала их. Она вся дрожит и смеется в воде...

Видит ли он это или не видит? Наяву ли это или снится? Но там что? Ветер или музыка: звенит, звенит, и вьется, и подступает, и вонзается в душу какою-то нестерпимою трелью...

– Was ist das? – dachte der Philosoph Choma Brut, während er hinunterblickte und immer weiterrannte. Er war ganz in Schweiß gebadet. Er hatte ein teuflisch-süßes Gefühl, er spürte eine durchdringende, quälende, schreckliche Wollust. Manchmal schien es ihm, als ob er kein Herz mehr hätte, und er griff erschrocken mit der Hand an die Brust. Ganz ermattet und verwirrt suchte er sich auf alle Gebete, die er kannte, zu besinnen, auch auf alle Beschwörungen gegen böse Geister; und plötzlich empfand er etwas wie Erleichterung: er fühlte, wie sein Schritt langsamer wurde und wie die Hexe weniger schwer auf seinem Rücken lastete; seine Füße berührten wieder das dichte Gras, und es war darin nichts Außergewöhnliches mehr. Am Himmel strahlte wieder die helle Mondsichel.

– Gut! – sagte sich der Philosoph Choma und begann alle Beschwörungen fast laut aufzusagen. Plötzlich sprang er schnell wie der Blitz unter der Alten weg und stieg ihr seinerseits auf den Rücken. Die Alte trabte nun mit kurzen, kleinen Schritten vorwärts, so schnell, daß dem Reiter der Atem stockte. Die Erde flog unter ihm daher; im Lichte des zwar nicht vollen Mondes lag alles hell und klar da; die Täler waren flach und glatt, aber er flog so rasch dahin, daß alles vor seinen Augen verschwamm. Er hob von der Straße ein Holzscheit auf und begann damit die Alte mit aller Kraft zu prügeln. Sie schrie wie wild auf; ihre Schreie klangen anfangs wütend und drohend, wurden dann schwächer, wohlklingender und immer reiner und leiser; zuletzt klangen sie wie helle silberne Glöckchen und drangen ihm tief in die Seele; unwillkürlich regte sich in ihm der Zweifel: ist es wirklich noch die Alte? – »Ach, ich kann nicht mehr!« rief sie ganz erschöpft aus und fiel zu Boden.

"Что это?" - думал философ Хома Брут, глядя вниз, несясь во всю прыть. Пот катился с него градом. Он чувствовал бесовски сладкое чувство, он чувствовал какое-то пронзающее, какое-то томительно-страшное наслаждение. Ему часто казалось, как будто сердца уже вовсе не было у него, и он со страхом хватался за него рукою. Изможденный, растерянный, он начал припоминать все, какие только знал, молитвы. Он перебирал все заклятья против духов - и вдруг почувствовал какое-то освежение; чувствовал, что шаг его начинал становиться ленивее, ведьма как-то слабее держалась на спине его. Густая трава касалась его, и уже он не видел в ней ничего необыкновенного. Светлый серп светил на небе.

"Хорошо же!" - подумал про себя философ Хома и начал почти вслух произносить заклятия. Наконец с быстротою молнии выпрыгнул из-под старухи и вскочил, в свою очередь, к ней на спину. Старуха мелким, дробным шагом побежала так быстро, что всадник едва мог переводить дух свой. Земля чуть мелькала под ним. Все было ясно при месячном, хотя и неполном свете. Долины были гладки, но все от быстроты мелькало неясно и сбивчиво в его глазах. Он схватил лежавшее на дороге полено и начал им со всех сил колотить старуху. Дикие вопли издала она; сначала были они сердиты и угрожающи, потом становились слабее, приятнее, чаще, и потом уже тихо, едва звенели, как тонкие серебряные колокольчики, и заронялись ему в душу; и невольно мелькнула в голове

Er sprang auf die Beine und blickte ihr in die Augen (das Morgenrot ergoß sich eben über den Himmel, und in der Ferne glänzten die goldenen Kirchenkuppeln von Kijew). Vor ihm lag eine junge Schöne mit wunderbarem Zopf, der ganz zerzaust war, und mit Wimpern so lang wie Pfeile. Sie hatte in ihrer Bewußtlosigkeit die weißen, nackten Arme nach beiden Seiten ausgebreitet und stöhnte, die tränengefüllten Augen gen Himmel gerichtet.

Choma erbebte wie ein Blatt; Mitleid, eine seltsame Erregung und eine Scheu, wie er sie noch nicht kannte, bemächtigten sich seiner. Er lief davon, so schnell er konnte. Während er lief, pochte sein Herz wie wild, und er konnte sich unmöglich das neue seltsame Gefühl, das ihn erfüllte, erklären. Er hatte keine Lust mehr, in das Gehöft zurückzukehren, und eilte nach Kijew. Den ganzen Weg lang dachte er über sein unerklärliches Erlebnis nach.

Von den Bursaken war fast niemand mehr da; alle hielten sich in den Dörfern auf: entweder in Kondition, oder auch ohne Kondition; in den kleinrussischen Dörfern kann man nämlich Klöße, Käse, Sahne und Quarkkuchen von der Größe eines Hutes zu essen bekommen, ohne dafür auch nur einen Pfennig zu bezahlen. Das große baufällige Haus, in dem sich die Bursa befand, war gänzlich leer, und so viel der Philosoph auch in allen Ecken und selbst in allen Löchern und Spalten im Dache herumscharrte, konnte er kein Stück Speck finden, sogar keine von den alten Brezeln, die die Bursaken sonst an ähnlichen Stellen zu verstecken pflegten.

мысль: точно ли это старуха? "Ох, не могу больше!" - произнесла она в изнеможении и упала на землю.

Он стал на ноги и посмотрел ей в очи: рассвет загорался, и блестели золотые главы вдали киевских церквей. Перед ним лежала красавица, с растрепанною роскошною косою, с длинными, как стрелы, ресницами. Бесчувственно отбросила она на обе стороны белые нагие руки и стонала, возведя кверху очи, полные слез.

Затрепетал, как древесный лист, Хома: жалость и какое-то странное волнение и робость, неведомые ему самому, овладели им; он пустился бежать во весь дух. Дорогой билось беспокойно его сердце, и никак не мог он истолковать себе, что за странное, новое чувство им овладело. Он уже не хотел более идти на хутора и спешил в Киев, раздумывая всю дорогу о таком непонятном происшествии.

Бурсаков почти никого не было в городе: все разбрелись по хуторам, или на кондиции, или просто без всяких кондиций, потому что по хуторам малороссийским можно есть галушки, сыр, сметану и вареники величиною в шляпу, не заплатив гроша денег. Большая разъехавшаяся хата, в которой помещалась бурса, была решительно пуста, и сколько философ ни шарил во всех углах и даже ощупал все дыры и западни в крыше, но нигде не отыскал ни куска сала или, по крайней мере, старого книша, что, по обыкновению, запрятываемо было бурсаками.

Der Philosoph fand übrigens bald ein Mittel, sein Leid zu lindern: er ging an die drei Male pfeifend über den Markt, wechselte Blicke mit einer jungen Witwe mit gelbem Kopfputz, die am Ende des Marktes saß und Bänder, Schrot und Wagenräder feilbot, – und bekam noch am selben Tage Kuchen aus Weizenmehl, Huhn und noch andere Dinge zu essen; es läßt sich gar nicht aufzählen, was alles auf dem Tische vor ihm stand, der in einer kleinen Lehmhütte inmitten eines Kirschgartens gedeckt war. Am gleichen Abend sah man den Philosophen in der Schenke: er lag auf einer Bank ausgestreckt, rauchte wie immer seine Pfeife und warf dem jüdischen Schenkwirt in aller Gegenwart einen halben Dukaten hin. Vor ihm stand ein Krug. Er betrachtete die Eintretenden und die Gehenden mit gleichgültigen, zufriedenen Blicken und dachte nicht mehr an sein Abenteuer.

Inzwischen verbreitete sich überall das Gerücht, daß die Tochter eines der reichsten Hauptleute, dessen Gut etwa fünfzig Werst von Kijew lag, eines Morgens ganz zerschlagen von einem Spaziergange heimgekehrt sei und kaum noch die Kraft gehabt hätte, das väterliche Haus zu erreichen; nun liege sie im Sterben; sie hätte in ihrer letzten Stunde den Wunsch geäußert, daß man die Sterbegebete und die Totenmessen während dreier Nächte nach ihrem Tode von einem Kijewer Seminaristen namens Choma Brut lesen lassen möchte. Der Philosoph erfuhr das vom Rektor selbst, der ihn eigens zu diesem Zweck zu sich ins Zimmer beschied und ihm eröffnete, er müsse sich ohne Aufschub auf den Weg machen, da der angesehene Hauptmann einen Wagen und Leute geschickt habe, um ihn zu holen.

Однако же философ скоро сыскался, как поправить своему горю: он прошел, посвистывая, раза три по рынку, перемигнулся на самом конце с какою-то молодою вдовою в желтом очипке, продававшею ленты, ружейную дробь и колеса, - и был того же дня накормлен пшеничными варениками, курицею... и, словом, перечесть нельзя, что у него было за столом, накрытым в маленьком глиняном домике среди вишневого садика. Того же самого вечера видели философа в корчме: он лежал на лавке, покуривая, по обыкновению своему, люльку, и при всех бросил жиду-корчмарю ползолотой. Перед ним стояла кружка. Он глядел на приходивших и уходивших хладнокровно-довольными глазами и вовсе уже не думал о своем необыкновенном происшествии.

Между тем распространились везде слухи, что дочь одного из богатейших сотников, которого хутор находился в пятидесяти верстах от Киева, возвратилась в один день с прогулки вся избитая, едва имевшая силы добресть до отцовского дома, находится при смерти и перед смертным часом изъявила желание, чтобы отходную по ней и молитвы в продолжение трех дней после смерти читал один из киевских семинаристов: Хома Брут. Об этом философ узнал от самого ректора, который нарочно призывал его в свою комнату и объявил, чтобы он без всякого отлагательства спешил в дорогу, что именитый сотник прислал за ним нарочно людей и возок.

Der Philosoph erbebte vor einem rätselhaften Gefühl, das er sich selbst gar nicht erklären konnte. Eine dunkle Vorahnung sagte ihm, daß ihn dort nichts Gutes erwarte. Ohne zu wissen warum, erklärte er geradeheraus, daß er nicht hinfahren werde.

»Hör einmal, Domine Ghoma!« sagte der Rektor (in gewissen Fällen pflegte er mit seinen Untergebenen sehr höflich zu sprechen). »Kein Teufel fragt dich danach, ob du fahren willst oder nicht. Ich will dir nur das eine sagen: wenn du deinen Trotz zeigst und räsonierst, so lasse ich dir den Rücken und andere Körperteile mit jungen Birkenruten bearbeiten, daß du nachher nicht mehr ins Dampfbad zu gehen brauchst.«

Der Philosoph kratzte sich hinter den Ohren und verließ, ohne ein Wort zu entgegnen, das Zimmer des Rektors; er hatte die Absicht, seine Hoffnung bei der ersten besten Gelegenheit auf seine Beine zu setzen. Nachdenklich stieg er die steile Treppe hinab, die ihn auf den pappelbepflanzten Hof führte, und blieb einen Augenblick stehen, als er ganz deutlich die Stimme des Rektors hörte, der dem Verwalter und noch jemandem, – höchstwahrscheinlich einem von des Hauptmanns Leuten – Befehle erteilte.

»Danke dem Herrn für die Graupen und die Eier«, sagte der Rektor: »und sage, daß ich ihm die Bücher, von denen er schreibt, schicken werde, sobald sie fertig sind; ich habe sie bereits dem Schreiber zum Abschreiben übergeben. Und vergiß nicht, mein Lieber, dem Herrn zu sagen, daß er, wie ich weiß, auf seinem Gute vorzügliche Fische hat, besonders aber vortreffliche Störe; er möchte mir davon bei Gelegenheit etwas schicken: hier auf dem Markte sind die Störe schlecht

Философ вздрогнул по какому-то безотчетному чувству, которого он сам не мог растолковать себе. Темное предчувствие говорило ему, что ждет его что-то недоброе. Сам не зная почему, объявил он напрямик, что не поедет.

- Послушай, domine Хома! - сказал ректор (он в некоторых случаях объяснялся очень вежливо с своими подчиненными), - тебя никакой черт и не спрашивает о том, хочешь ли ты ехать или не хочешь. Я тебе скажу только то, что если ты еще будешь показывать свою рысь да мудрствовать, то прикажу тебя по спине и по прочему так отстегать молодым березняком, что и в баню не нужно будет ходить.

Философ, почесывая слегка за умом, вышел, не говоря ни слова, располагая при первом удобном случае возложить надежду на свои ноги. В раздумье сходил он с крутой лестницы, приводившей на двор, обсаженный тополями, и на минуту остановился, услышавши довольно явственно голос ректора, дававшего приказания своему ключнику и еще кому-то, вероятно, одному из посланных за ним от сотника.

- Благодари пана за крупу и яйца, - говорил ректор, - и скажи, что как только будут готовы те книги о которых он пишет, то я тотчас пришлю. Я отдал их уже переписывать писцу. Да не забудь, мой голубе, прибавить пану, что на хуторе у них, я знаю, водится хорошая рыба, и особенно осетрина, то при случае прислал бы: здесь на базарах и нехороша и дорога. А ты,

und teuer. Und du, Jawtuch, gib den Burschen ein Glas Schnaps; den Philosophen bindet aber fest, sonst entwischt er euch.«

– Dieser Teufelssohn! – dachte sich der Philosoph. – Er hat schon Lunte gerochen, der Langbeinige! –

Er ging hinunter und sah einen Wagen, den er im ersten Augenblick für einen Getreidespeicher auf Rädern hielt. Der Wagen war in der Tat so tief wie ein Ofen, in dem man Ziegel brennt. Es war eine von den Krakauer Kutschen, in denen die Juden, oft in einer Gesellschaft von fünfzig Mann, mit ihren Waren durch alle Städte zu ziehen pflegen, wo ihre Nase nur einen Jahrmarkt wittert. Hier erwarteten ihn an die sechs stämmige, kräftige, etwas bejahrte Kosaken. Die Röcke aus feinem Tuch mit Quasten ließen darauf schließen, daß sie einem angesehenen und reichen Herrn gehörten; kleine Narben auf ihren Gesichtern zeigten, daß sie einst nicht ohne Ruhm am Kriege teilgenommen hatten.

– Was ist da zu tun? Seinem Schicksal entgeht man doch nicht! – dachte sich der Philosoph. Dann wandte er sich an die Kosaken und sagte laut: »Guten Tag, Brüder-Kameraden!«

»Sollst gesund sein, Herr Philosoph!« erwiderten einige der Kosaken.

»Ich soll also zusammen mit euch sitzen? Eine ausgezeichnete Kutsche!« fuhr er fort, in den Wagen steigend. »Es fehlen nur noch Musikanten, sonst könnte man hier gut tanzen.«

Явтух, дай молодцам по чарке горелки. Да философа привязать, а не то как раз удерет.

"Вишь, чертов сын! - подумал про себя философ, - пронюхал, длинноногий вьюн!"

Он сошел вниз и увидел кибитку, которую принял было сначала за хлебный овин на колесах. В самом деле, она была так же глубока, как печь, в которой обжигают кирпичи. Это был обыкновенный краковский экипаж, в каком жиды полсотнею отправляются вместе с товарами во все города, где только слышит их нос ярмарку. Его ожидало человек шесть здоровых и крепких козаков, уже несколько пожилых. Свитки из тонкого сукна с кистями показывали, что они принадлежали довольно значительному и богатому владельцу. Небольшие рубцы говорили, что они бывали когда-то на войне не без славы.

"Что ж делать? Чему быть, тому не миновать!" - подумал про себя философ и, обратившись к козакам, произнес громко:

- Здравствуйте, братья-товарищи!

- Будь здоров, пан философ! - отвечали некоторые из козаков.

- Так вот это мне приходится сидеть вместе с вами? А брика знатная! - продолжал он, влезая. - Тут бы только нанять музыкантов, то и танцевать можно.

»Die Kutsche ist recht geräumig!« bestätigte einer der Kosaken, indem er sich auf den Bock zum Kutscher setzte, der ein Tuch auf dem Kopfe trug, da er bereits Zeit gehabt hatte, seine Mütze in der Schenke zu lassen. Die übrigen fünf krochen zusammen mit dem Philosophen in die Tiefe der Kutsche und ließen sich auf den Säcken nieder, die mit allerlei Waren, die sie in der Stadt eingekauft hatten, angefüllt waren.

»Mich interessiert die Frage«, sagte der Philosoph, »wenn man diese Kutsche mit irgendwelchen Waren, sagen wir einmal Salz oder Eisen, beladen würde, wieviel Pferde brauchte man wohl dann, um sie von der Stelle zu bringen?«

»Ja«, sagte nach einer Pause der Kosak, der auf dem Bocke saß: »man brauchte wohl eine gehörige Anzahl Pferde dazu.«

Nachdem er diese befriedigende Antwort gegeben, hielt sich der Kosak für berechtigt, während des ganzen weiteren Weges zu schweigen.

Der Philosoph hatte große Lust, Genaueres über den Hauptmann zu erfahren: was er für ein Mensch sei, welchen Charakter er habe und was man sich von seiner Tochter erzählte, die auf eine so ungewöhnliche Weise nach Hause zurückgekehrt war und nun im Sterben lag, und deren Geschichte jetzt mit seiner eigenen verknüpft war; und überhaupt was das für Leute wären und wie sie lebten. Er stellte an die Kosaken verschiedene Fragen; die Kosaken waren aber wohl auch Philosophen, denn sie antworteten ihm nicht und rauchten, auf den Säcken liegend, stumm ihre Pfeifen.

- Да, соразмерный экипаж! - сказал один из козаков, садясь на облучок сам-друг с кучером, завязавшим голову тряпицею вместо шапки, которую он успел оставить в шинке. Другие пять вместе с философом полезли в углубление и расположились на мешках, наполненных разною закупкою, сделанною в городе.

- Любопытно бы знать, - сказал философ, - если бы, примером, эту брику нагрузить каким-нибудь товаром - положим, солью или железными клинами: сколько потребовалось бы тогда коней?

- Да, - сказал, помолчав, сидевший на облучке козак, - достаточное бы число потребовалось коней.

После такого удовлетворительного ответа козак почитал себя вправе молчать во всю дорогу.

Философу чрезвычайно хотелось узнать обстоятельнее: кто таков был этот сотник, каков его нрав, что слышно о его дочке, которая таким необыкновенным образом возвратилась домой и находилась при смерти и которой история связалась теперь с его собственною, как у них и что делается в доме? Он обращался к ним с вопросами; но козаки, верно, были тоже философы, потому что в ответ на это молчали и курили люльки, лежа на мешках.

Bloß einer von ihnen wandte sich mit dem kurzen Befehl an den Kutscher: »Paß auf, Owerko, du alte Schlafmütze, wenn wir an der Schenke, die an der Tschuchrailowschen Straße liegt, vorbeikommen, so vergiß nicht, anzuhalten und mich und die anderen Burschen zu wecken, falls einer von uns einschlafen sollte.«

Nach diesen Worten begann er ziemlich laut zu schnarchen. Seine Ermahnung war übrigens durchaus überflüssig: kaum näherte sich die Riesenkutsche der Schenke an der Tschuchrailowschen Straße, als alle wie aus einem Munde losschrien: »Halt!« Außerdem waren Owerkos Pferde schon so abgerichtet, daß sie von selbst vor jeder Schenke hielten.

Trotz des heißen Julitages stiegen alle aus der Kutsche und traten in die niedrige, schmutzige Stube, wo der jüdische Schenkwirt sie als seine alten Bekannten mit großer Freude empfing. Der Jude holte sofort unter dem Rockschoß einige Schweinswürste herbei, legte sie auf den Tisch und wandte sich schleunigst von dieser vom Talmud verbotenen Frucht ab. Alle setzten sich an den Tisch, und vor jedem der Gäste stand plötzlich ein Tonkrug. Der Philosoph Choma mußte am gemeinsamen Schmause teilnehmen. Wenn Kleinrussen angeheitert sind, pflegen sie sich zu küssen oder zu weinen; die ganze Stube hallte auch bald von Küssen wider. »Komm her, Spirid, laß dich küssen!« – »Komm her, Dorosch, ich will dich umarmen!«

Ein älterer Kosak, dessen Schnurrbart schon ganz grau war, stützte den Kopf in die Hand und begann bitterlich zu weinen und zu jammern, weil er weder Vater noch Mutter habe und ganz allein auf der Welt dastehe. Ein anderer, der ein großer Räsoneur zu sein schien, tröstete ihn in einem fort

Один только из них обратился к сидевшему на козлах вознице с коротеньким приказанием: "Смотри, Оверко, ты старый разиня; как будешь подъезжать к шинку, что на Чухрайловской дороге, то не позабудь остановиться и разбудить меня и других молодцов, если кому случится заснуть". После этого он заснул довольно громко. Впрочем, эти наставления были совершенно напрасны, потому что едва только приблизилась исполинская брика к шинку на Чухрайловской дороге, как все в один голос закричали: "Стой!" Притом лошади Оверка были так уже приучены, что останавливались сами перед каждым шинком. Несмотря на жаркий июльский день, все вышли из брики, отправились в низенькую запачканную комнату, где жид-корчмарь с знаками радости бросился принимать своих старых знакомых. Жид принес под полою несколько колбас из свинины и, положивши на стол, тотчас отворотился от этого запрещенного талмудом плода. Все уселись вокруг стола. Глиняные кружки показались пред каждым из гостей. Философ Хома должен был участвовать в общей пирушке. И так как малороссияне, когда подгуляют, непременно начнут целоваться или плакать, то скоро вся изба наполнилась лобызаниями: "А ну, Спирид, почеломкаемся!" - "Иди сюда, Дорош, я обниму тебя!"

Один козак, бывший постарее всех других, с седыми усами, подставивши руку под щеку, начал рыдать от души о том, что у него нет ни отца, ни матери и что он остался один на свете. Другой был большой резонер и беспрестанно утешал его, говоря: "Не плачь, ей-

und sprach: Weine nicht, bei Gott, weine nicht! Was ist denn zu machen? ... Gott weiß, wie und was ...« Ein anderer, namens Dorosch, legte eine große Neugierde an den Tag und fragte fortwährend den Philosophen Choma: »Ich möchte gerne wissen, was ihr auf eurer Bursa lernt: ob es dasselbe ist, was der Diakon in der Kirche liest oder etwas anderes?«

»Frage ihn nicht danach!« sagte der Räsoneur mit gedehnter Stimme. »Sollen sie dort lernen, was sie wollen. Gott weiß am besten, was not tut. Gott weiß alles.«

»Nein, ich möchte wissen«, sagte Dorosch, »was in ihren Büchern steht: vielleicht doch etwas anderes als beim Diakon.«

»O mein Gott, mein Gott!« entgegnete der ehrwürdige Prediger. »Wozu soll man von solchen Dingen sprechen? Gott hat es einmal so gewollt. Was Gott festgesetzt hat, läßt sich nicht mehr ändern.«

»Ich möchte alles wissen, was in den Büchern steht. Ich will in die Bursa eintreten, bei Gott, ich werde es tun. Glaubst du vielleicht, ich werde nichts lernen? Alles werde ich lernen, alles!«

»O mein Gott, mein Gott! ...« sagte der Tröster und legte seinen Kopf, den er nicht länger auf den Schultern tragen konnte, auf den Tisch. Die übrigen Kosaken sprachen von ihren Herren und darüber, warum der Mond am Himmel leuchtet.

богу не плачь! что ж тут... уж бог знает как и что такое". Один, по имени Дорош, сделался чрезвычайно любопытен и, оборотившись к философу Хоме, беспрестанно спрашивал его:

- Я хотел бы знать, чему у вас в бурсе учат: тому ли самому, что и дьяк читает в церкви, или чему другому?

- Не спрашивай! - говорил протяжно резонер, - пусть его там будет, как было. Бог уж знает, как нужно; бог все знает.

- Нет, я хочу знать, - говорил Дорош, - что там написано в тех книжках. Может быть, совсем другое, чем у дьяка.

- О, боже мой, боже мой! - говорил этот почтенный наставник. - И на что такое говорить? Так уж воля божия положила. Уже что бог дал, того не можно переменить.

- Я хочу знать все, что ни написано. Я пойду в бурсу, ей-богу, пойду! Что ты думаешь, я не выучусь? Всему выучусь, всему!

- О, боже ж мой, боже мой!.. - говорил утешитель и спустил свою голову на стол, потому что совершенно был не в силах держать ее долее на плечах.

Прочие козаки толковали о панах и о том, отчего на небе светит месяц.

Als der Philosoph Choma merkte, in welcher Verfassung ihre Köpfe waren, beschloß er, die Gelegenheit auszunutzen und Reißaus zu nehmen. Er wandte sich zunächst an den grauköpfigen Kosaken, der sich so um Vater und Mutter grämte: »Was weinst du denn nur so, Onkelchen?« sagte er. »Auch ich bin ein Waisenknabe! Kinder, laßt mich laufen! Was braucht ihr mich?«

»Lassen wir ihn laufen!« sagten einige. »Er ist ja ein Waisenkind. Soll er nur gehen, wohin er will.«

»O mein Gott, mein Gott!« versetzte der Tröster, seinen Kopf wieder erhebend. »Laßt ihn laufen! Soll er nur gehen!«

Die Kosaken waren schon im Begriff, ihn selbst ins freie Feld hinauszuführen; aber der, der sich für die Wissenschaften interessiert hatte, hielt sie zurück und sagte: »Laßt ihn noch: ich will mit ihm über die Bursa sprechen; ich will auch selbst in die Bursa eintreten ...«

Die Flucht wäre übrigens auch so nicht zustande gekommen, denn als der Philosoph sich vom Tisch erheben wollte, waren seine Füße wie aus Holz, und er sah im Zimmer so viel Türen, daß es ihm wohl kaum gelungen wäre, die richtige zu finden.

Erst gegen Abend fiel es der Gesellschaft ein, daß sie ihren Weg fortsetzen mußte. Sie kletterten in die Kutsche, streckten sich aus und trieben die Pferde an; im Fahren sangen sie ein Lied, dessen Sinn und Text wohl niemand verstanden hätte.

Философ Хома, увидя такое расположение голов, решился воспользоваться и улизнуть. Он сначала обратился к седовласому козаку, грустившему об отце и матери:

- Что ж ты, дядько, расплакался, - сказал он, - я сам сирота! Отпустите меня, ребята…на волю! На что я вам!

- Пустим его на волю! - отозвались некоторые. - Ведь он сирота. Пусть себе идет, куда хочет.

- О, боже ж мой, боже мой! - произнес утешитель, подняв свою голову. - Отпустите его! Пусть идет себе!

И козаки уже хотели сами вывесть его в чистое поле, но тот, который показал свое любопытство, остановил их, сказавши:

- Не трогайте: я хочу с ним поговорить о бурсе. Я сам пойду в бурсу…

Впрочем, вряд ли бы этот побег мог совершиться, потому что когда философ вздумал подняться из-за стола, то ноги его сделались как будто деревянными и дверей в комнате начало представляться ему такое множество, что вряд ли бы он отыскал настоящую.

Только ввечеру вся эта компания вспомнила, что нужно отправляться далее в дорогу. Взмостившись в брику, они потянулись, погоняя лошадей и напевая песню, которой слова и смысл вряд ли бы кто разобрал.

Nachdem sie mehr als die halbe Nacht gefahren waren und fortwährend vom Wege abkamen, den sie auswendig kannten, rasten sie endlich einen steilen Abhang hinunter, und der Philosoph erblickte an den Seiten des Weges Zäune und Hecken, hinter denen niedrige Bäume und Dächer hervorlugten. Es war ein großes Dorf, das dem Hauptmann gehörte. Die Mitternacht war längst vorbei; der Himmel war dunkel, und hie und da blinkten einzelne Sterne. In keinem der Häuser war Licht zu sehen. Von Hundegebell begleitet, fuhren sie in einen Hof ein. Zu beiden Seiten standen mit Stroh gedeckte Schuppen und kleine Häuser; das eine von ihnen, das gerade in der Mitte, dem Tore gegenüber stand, war größer als die andern und schien dem Hauptmann als Wohnstätte zu dienen. Die Kutsche hielt vor einem Schuppen, und die Reisenden begaben sich sofort zur Ruhe. Der Philosoph hatte den Wunsch, sich den herrschaftlichen Palast von außen anzusehen; doch so sehr er sich auch anstrengte, konnte er nichts unterscheiden: statt des Hauses sah er einen Bären, statt des Schornsteines den Rektor. Der Philosoph gab daher sein Beginnen auf und ging schlafen.

Als er erwachte, war das ganze Haus in Bewegung: in der Nacht war das Fräulein gestorben. Die Diener liefen in großer Hast hin und her; einige alte Weiber weinten; eine Menge Neugieriger blickte über den Zaun in den Hof, als ob da etwas zu sehen wäre. Der Philosoph betrachtete in Muße den Ort, von dem er nachts nichts hatte erkennen können. Das Herrenhaus war ein kleines niedriges, mit Stroh gedecktes Gebäude, wie man sie vor Zeiten in der Ukraine zu bauen pflegte;

Проколесивши большую половину ночи, беспрестанно сбиваясь с дороги, выученной наизусть, они наконец спустились с крутой горы в долину, и философ заметил по сторонам тянувшийся частокол, или плетень, с низенькими деревьями и выказывавшимися из-за них крышами. Это было большое селение, принадлежавшее сотнику. Уже было далеко за полночь; небеса были темны, и маленькие звездочки мелькали кое-где. Ни в одной хате не видно было огня. Они взъехали, в сопровождении собачьего лая, на двор. С обеих сторон были заметны крытые соломою сараи и домики. Один из них, находившийся как раз посередине против ворот, был более других и служил, как казалось, пребыванием сотника. Брика остановилась перед небольшим подобием сарая, и путешественники наши отправились спать. Философ хотел, однако же, несколько обсмотреть снаружи панские хоромы; но как он ни пялил свои глаза, ничто не могло означиться в ясном виде: вместо дома представлялся ему медведь; из трубы делался ректор. Философ махнул рукою и пошел спать.

Когда проснулся философ, то весь дом был в движении: в ночь умерла панночка. Слуги бегали впопыхах взад и вперед. Старухи некоторые плакали. Толпа любопытных глядела сквозь забор на панский двор, как будто бы могла что-нибудь увидеть.

Философ начал на досуге осматривать те места, которые он не мог разглядеть ночью. Панский дом был низенькое небольшое строение, какие обыкновенно

die schmale Fassade mit spitzem Giebel hatte nur ein Fenster, das wie ein gen Himmel gerichtetes Auge aussah, und war über und über mit blauen und gelben Blumen und roten Halbmonden bemalt. Der Giebel ruhte auf eichenen Pfosten, die bis zur Mitte rund gedrechselt, unten sechskantig und oben kunstvoll geschnitzt waren. Unter diesem Giebel befand sich eine kleine Treppe mit Bänken zu beiden Seiten. Rechts und links ragten Dachvorsprünge hervor, die auf ähnlichen, zum Teil gewundenen Pfosten ruhten. Vor dem Hause grünte ein großer Birnbaum mit pyramidenförmigem Wipfel und zitterndem Laub. Zwei Reihen Schuppen bildeten in der Mitte des Hofes eine Art breite Straße, die zum Hause führte. Zwischen den Schuppen und dem Tor lagen einander gegenüber zwei dreieckige Kellergebäude, die gleichfalls mit Stroh gedeckt waren. Die dreieckigen Giebelwände der Keller hatten je eine niedrige Tür und waren mit allerlei Bildern bemalt. Auf der einen Wand war ein Kosak dargestellt, der auf einem Fasse saß und einen Krug mit der Inschrift: »Ich trinke alles aus!« in die Höhe hob. Das andere Bild stellte Flaschen von verschiedener Form, ein Pferd, das, wohl der Schönheit wegen, auf dem Kopfe stand, eine Tabakspfeife und eine Handtrommel dar und trug die Inschrift: »Der Wein ist des Kosaken Wonne.« Aus der riesigen Dachluke eines der Schuppen blickten eine Trommel und mehrere Messingtrompeten hervor. Am Tore standen zwei Kanonen. Alles ließ darauf schließen, daß der Hausherr sich zu amüsieren liebte und daß sein Hof oft von Schreien der Zechenden widerhallte. Vor dem Tore standen zwei Windmühlen. Hinter dem Hause zogen sich Gärten hin, und zwischen den Baumwipfeln sah man nur die dunklen Mützen der Schornsteine der im grünen Dickicht versteckten Hütten.

строились в старину в Малороссии. Он был покрыт соломою. Маленький, острый и высокий фронтон с окошком, похожим на поднятый кверху глаз, был весь измалеван голубыми и желтыми цветами и красными полумесяцами. Он был утвержден на дубовых столбиках, до половины круглых и снизу шестигранных, с вычурною обточкою вверху. Под этим фронтоном находилось небольшое крылечко со скамейками по обеим сторонам. С боков дома были навесы на таких же столбиках, инде витых. Высокая груша с пирамидальною верхушкою и трепещущими листьями зеленела перед домом. Несколько амбаров в два ряда стояли среди двора, образуя род широкой улицы, ведшей к дому. За амбарами, к самым воротам, стояли треугольниками два погреба, один напротив другого, крытые также соломою. Треугольная стена каждого из них была снабжена низенькою дверью и размалевана разными изображениями. На одной из них нарисован был сидящий на бочке козак, державший над головою кружку с надписью: "Все выпью". На другой фляжка, сулеи и по сторонам, для красоты, лошадь, стоявшая вверх ногами, трубка, бубны и надпись: "Вино - козацкая потеха". Из чердака одного из сараев выглядывал сквозь огромное слуховое окно барабан и медные трубы. У ворот стояли две пушки. Все показывало, что хозяин дома любил повеселиться и двор часто оглашали пиршественные клики. За воротами находились две ветряные мельницы. Позади дома шли сады; и сквозь верхушки дерев видны были одни только темные шляпки труб скрывавшихся в зеленой гуще хат.

Die ganze Siedelung lag auf einem breiten Bergabhang. Im Norden wurde alles von einem steilen Berge bedeckt, dessen Sohle dicht vor dem Hofe lag. Wenn man den Berg von unten ansah, erschien er noch steiler, als er in Wirklichkeit war; vereinzelte Stengel dürren Steppengrases, die auf seinem Gipfel wuchsen, hoben sich schwarz vom hellen Hintergrunde des Himmels ab. Der nackte lehmige Berg war über und über mit Regenlöchern und Wasserrinnen bedeckt und bot einen traurigen Anblick. Am steilen Abhange standen in einiger Entfernung voneinander zwei Hütten; über der einen von ihnen breitete ein großer Apfelbaum, der unten an den Wurzeln von kleinen Pflöcken gestützt und mit angeschaufelter Erde bedeckt war, seine Äste aus. Die vom Winde heruntergeworfenen Äpfel rollten bis in den Herrenhof hinunter. Über den ganzen Berg schlängelte sich vom Gipfel an ein Weg, der am Hofe vorbei in das Dorf führte. Als der Philosoph diesen steilen Weg sah und sich an die gestrige Fahrt erinnerte, sagte er sich, daß entweder der Hauptmann ungewöhnlich kluge Pferde, oder seine Kosaken ungewöhnlich harte Köpfe haben müßten, wenn sie es fertigbrachten, in ihrem Rausche mit der riesenhaften Kutsche und dem Gepäck den Abhang nicht Hals über Kopf hinunterzupurzeln. Der Philosoph stand auf der höchsten Stelle des Hofes; als er sich umwandte und nach der entgegengesetzten Seite blickte, sah er ein ganz anderes Bild. Das Dorf fiel mit dem Bergabhang zu der Ebene ab. Unendliche Wiesen zogen sich in weite Ferne hin; ihr grelles Grün wurde mit der Entfernung immer dunkler; man konnte auch eine ganze Reihe von Dörfern, die sich am Horizont als blaue Silhouetten abhoben, ziemlich deutlich erkennen, obwohl die Entfernung mehr als zwanzig Werst betrug.

Все селение помещалось на широком и ровном уступе горы. С северной стороны все заслоняла крутая гора и подошвою своею оканчивалась у самого двора. При взгляде на нее снизу она казалась еще круче, и на высокой верхушке ее торчали кое-где неправильные стебли тощего бурьяна и чернели на светлом небе. Обнаженный глинистый вид ее навевал какое-то уныние. Она была вся изрыта дождевыми промоинами и проточинами. На крутом косогоре ее в двух местах торчали две хаты; над одною из них раскидывала ветви широкая яблоня, подпертая у корня небольшими кольями с насыпною землей. Яблоки, сбиваемые ветром, скатывались в самый панский двор. С вершины вилась по всей горе дорога и, опустившись, шла мимо двора в селенье. Когда философ измерил страшную круть ее и вспомнил вчерашнее путешествие, то решил, что или у пана были слишком умные лошади, или у козаков слишком крепкие головы, когда и в хмельном чаду умели не полететь вверх ногами вместе с неизмеримой брикою и багажом. Философ стоял на высшем в дворе месте, и когда оборотился и глянул в противоположную сторону, ему представился совершенно другой вид. Селение вместе с отлогостью скатывалось на равнину. Необозримые луга открывались на далекое пространство; яркая зелень их темнела по мере отдаления, и целые ряды селений синели вдали, хотя расстояние их было более нежели на двадцать верст.

Rechts von den Wiesen zogen sich Bergketten hin, und ganz in der Ferne glühte und dunkelte der Dnjepr.

– Ach, welch eine herrliche Gegend! ... sagte sich der Philosoph. – Hier möchte ich leben, im Dnjepr und in den Teichen Fische fangen und mit Gewehr und Netz Trappen und Schnepfen jagen! Ich glaube übrigens, daß es hier auch Trappgänse gibt. Man könnte auch Obst dörren und nach der Stadt verkaufen; noch besser wäre es, daraus Branntwein zu brennen, denn mit dem Obstbranntwein läßt sich doch kein anderer vergleichen. Eigentlich sollte ich mich jetzt umsehen, wie ich von hier entwischen könnte. –

Hinter der Hecke bemerkte er einen schmalen Fußpfad, der halb im üppigen Steppengras versteckt war; er setzte schon mechanisch den Fuß darauf, mit der Absicht, zunächst nur einen kleinen Spaziergang zu machen und dann zwischen den Hecken hindurchzuschleichen und ins freie Feld zu kommen, – als er plötzlich auf seiner Schulter eine ziemlich feste Hand fühlte.

Hinter ihm stand derselbe alte Kosak, der gestern so bitter über den Verlust der Eltern und über seine Einsamkeit geweint hatte.

»Vergeblich glaubst du, Herr Philosoph, von hier entwischen zu können!« sagte der Kosak. »Hier ist keine solche Wirtschaft, daß man entlaufen kann; auch sind die Wege für Fußgänger viel zu schlecht; geh lieber zum Herrn: er erwartet dich längst in seinem Zimmer.«

»Gut, gehen wir! Warum auch nicht ... Mit dem größten Vergnügen!« antwortete der Philosoph und folgte dem Kosaken.

С правой стороны этих лугов тянулись горы, и чуть заметною вдали полосою горел и темнел Днепр.

- Эх, славное место! - сказал философ. - Вот тут бы жить, ловить рыбу в Днепре и в прудах, охотиться с тенетами или с ружьем за стрепетами и крольшнепами! Впрочем, я думаю, и дроф немало в этих лугах. Фруктов же можно насушить и продать в город множество или, еще лучше, выкурить из них водку; потому что водка из фруктов ни с каким пенником не сравнится. Да не мешает подумать и о том, как бы улизнуть отсюда.

Он приметил за плетнем маленькую дорожку, совершенно закрытую разросшимся бурьяном. Он поставил машинально на нее ногу, думая наперед только прогуляться, а потом тихомолком, промеж хат, да и махнуть в поле, как внезапно почувствовал на своем плече довольно крепкую руку.

Позади его стоял тот самый старый козак, который вчера так горько соболезновал о смерти отца и матери и о своем одиночестве.

- Напрасно ты думаешь, пан философ, улепетнуть из хутора! - говорил он. - Тут не такое заведение, чтобы можно было убежать; да и дороги для пешехода плохи. А ступай лучше к пану: он ожидает тебя давно в светлице.

- Пойдем! Что ж... Я с удовольствием, - сказал философ и отправился вслед за козаком.

Der Hauptmann, ein alter Mann mit grauem Schnurrbart und dem Ausdruck finsterer Trauer in den Zügen, saß im Zimmer vor dem Tisch, den Kopf in beide Hände gestützt. Er war wohl an die fünfzig Jahre alt; aber der tief traurige Ausdruck und die fahle Farbe seines Gesichts sagten, daß seine Seele in einem einzigen Augenblick vernichtet worden und daß es nun für immer mit seiner ganzen Fröhlichkeit und seinem ausgelassenen Leben vorbei war. Als Choma mit dem alten Kosaken eintrat, zog der Alte eine Hand vom Gesicht fort und erwiderte ihren ehrerbietigen Gruß mit leichtem Kopfnicken.

Choma und der Kosak blieben ehrfurchtsvoll an der Tür stehen.

»Wer bist du, woher und von welchem Stande, guter Mann?« fragte der Hauptmann weder freundlich noch streng.

»Aus dem Bursakenstande, der Philosoph Choma Brut ...«

»Und wer war dein Vater?«

»Ich weiß es nicht, gnädiger Herr.«

»Und deine Mutter?«

»Ich kenne auch meine Mutter nicht. Der gesunde Menschenverstand spricht zwar dafür, daß ich auch eine Mutter gehabt habe; aber wer sie war, woher sie stammte und wann sie gelebt hat, das weiß ich, bei Gott, nicht, gnädiger Herr.«

Der Alte schwieg und schien eine Weile in Gedanken versunken.

Сотник, уже престарелый, с седыми усами и с выражением мрачной грусти, сидел перед столом в светлице, подперши обеими руками голову. Ему было около пятидесяти лет; но глубокое уныние на лице и какой-то бледно-тощий цвет показывали, что душа его была убита и разрушена вдруг, в одну минуту, и вся прежняя веселость и шумная жизнь исчезла навеки. Когда взошел Хома вместе с старым козаком, он отнял одну руку и слегка кивнул головою на низкий их поклон.

Хома и козак почтительно остановились у дверей.

- Кто ты, и откудова, и какого звания, добрый человек? - сказал сотник ни ласково, ни сурово.

- Из бурсаков, философ Хома Брут.

- А кто был твой отец?

- Не знаю, вельможный пан.

- А мать твоя?

- И матери не знаю. По здравому рассуждению, конечно, была мать; но кто она, и откуда, и когда жила - ей-богу, добродию, не знаю.

Сотник помолчал и, казалось, минуту оставался в задумчивости.

»Wie hast du denn meine Tochter kennengelernt?«

»Ich habe sie gar nicht kennengelernt, gnädiger Herr, bei Gott nicht! Solange ich auf der Welt lebe, habe ich noch nie etwas mit einem Fräulein zu tun gehabt. Gott bewahre mich davor, um nicht einen unschicklicheren Ausdruck zu gebrauchen.«

»Warum bestimmte sie denn, daß gerade du an ihrem Sarge beten sollst und niemand anderer?«

Der Philosoph zuckte die Achseln. »Gott allein weiß«, sagte er, »wie das zu erklären ist. Die vornehmen Leute haben ja bekanntlich manchmal solche Einfälle, daß auch der gelehrteste Mensch daraus nicht klug werden kann; ein Sprichwort sagt auch: ›Wie der Herr pfeift, so muß der Knecht tanzen.‹«

»Lügst du auch nicht, Herr Philosoph?«

»Soll mich auf der Stelle der Blitz treffen, wenn ich lüge.«

»Hättest du nur eine Minute länger gelebt, Tochter«, sagte der Hauptmann traurig, »so würde ich wohl alles erfahren haben. – ›Laß niemand an meinem Sarge beten, Vater, schicke aber gleich in das Kijewer Seminar und laß den Bursaken Choma Brut kommen; er soll drei Nächte für meine sündige Seele beten. Er weiß alles ...‹ – Was er aber weiß, bekam ich nicht mehr zu hören: kaum hatte mein Täubchen diese Worte gesprochen, als sie auch gleich den Geist aufgab. Du bist wohl durch deinen heiligen Lebenswandel oder deine gottgefälligen Werke berühmt, guter Mann, und sie hat vielleicht etwas von dir gehört?«

- Как же ты познакомился с моею дочкою?

- Не знакомился, вельможный пан, ей-богу, не знакомился. Еще никакого дела с панночками не имел, сколько ни живу на свете. Цур им, чтобы не сказать непристойного.

- Отчего же она не другому кому, а тебе именно назначила читать?

Философ пожал плечами:

- Бог его знает, как это растолковать. Известное уже дело, что панам подчас захочется такого, чего и самый награмотнейший человек не разберет; и пословица говорит: "Скачи, враже, як пан каже!"

- Да не врешь ли ты, пан философ?

- Вот на этом самом месте пусть громом так и хлопнет, если лгу.

- Если бы только минуточкой долее прожила ты, - грустно сказал сотник, - то, верно бы, я узнал все. "Никому не давай читать по мне, но пошли, тату, сей же час в Киевскую семинарию и привези бурсака Хому Брута. Пусть три ночи молится по грешной душе моей. Он знает..." А что такое знает, я уже не услышал. Она, голубонька, только и могла сказать, и умерла. Ты, добрый человек, верно, известен святою жизнию своею и богоугодными делами, и она, может быть, наслышалась о тебе.

»Wer? Ich?« rief der Bursake und trat vor Erstaunen einen Schritt zurück. »Ich soll durch meinen heiligen Lebenswandel berühmt sein?« sagte er, dem Hauptmann gerade in die Augen blickend. »Gott sei mit Euch, Herr! Was redet Ihr! Ich bin ja – obwohl es unziemlich ist, davon zu sprechen – am Vorabend von Gründonnerstag zu einer Bäckerin gegangen.«

»Nun ... sie hat es wohl nicht ohne Grund so angeordnet. Du mußt gleich heute abend ans Werk gehen.«

»Ich würde Euer Gnaden darauf einwenden ... Natürlich könnte es jeder Mensch, der sich in der Heiligen Schrift auskennt, nach Maßgabe seiner Fähigkeiten übernehmen ... Aber passender wäre es, einen Diakon oder wenigstens einen Küster damit zu betrauen. Das sind doch vernünftige Leute, die genau wissen, wie so etwas gemacht wird; aber ich ... Ich habe ja nicht einmal die entsprechende Stimme und sehe auch sonst nach nichts aus.«

»Magst wollen oder nicht, aber ich werde den Letzten Willen meines Täubchens erfüllen, koste es, was es wolle. Und wenn du von heute ab drei Nächte an ihrem Sarge, wie sich's gehört, durchbetest, so werde ich dich belohnen; und wenn nicht, so möchte ich auch dem Teufel nicht raten, mich zu erzürnen.«

Der Hauptmann sprach diese letzten Worte mit solchem Nachdruck, daß der Philosoph ihren Sinn vollkommen erfaßte.

»Komm mit!« sagte der Hauptmann.

- Кто? я? - сказал бурсак, отступивши от изумления. - Я святой жизни? - произнес он, посмотрев прямо в глаза сотнику. - Бог с вами, пан! Что вы это говорите! да я, хоть оно непристойно сказать, ходил к булочнице против самого страстного четверга.

- Ну... верно, уже недаром так назначено. Ты должен с сего же дня начать свое дело.

- Я бы сказал на это вашей милости... оно, конечно, всякий человек, вразумленный Святому писанию, может по соразмерности... только сюда приличнее бы требовалось дьякона или, по крайней мене, дьяка. Они народ толковый и знают, как все это уже делается, а я... Да у меня и голос не такой, и сам я - черт знает что. Никакого виду с меня нет.

- Уж как ты себе хочешь, только я все, что завещала мне моя голубка, исполню, ничего не пожалея. И когда ты с сего дня три ночи совершишь, как следует, над нею молитвы, то я награжу тебя; а не то - и самому черту не советую рассердить меня.

Последние слова произнесены были сотником так крепко, что философ понял вполне их значение.

- Ступай за мною! - сказал сотник.

Sie traten in den Flur hinaus. Der Hauptmann öffnete die Tür eines Zimmers, das dem seinigen gegenüber lag. Der Philosoph blieb einen Augenblick im Flur zurück, um sich die Nase zu schneuzen, und trat dann, von einem seltsam bangen Gefühl ergriffen, über die Schwelle.

Der ganze Fußboden war mit rotem Baumwollzeug belegt. Die Tote lag in der Ecke unter den Heiligenbildern auf einem hohen Tisch, auf einer blausamtenen, mit goldenen Fransen und Quasten verzierten Decke. Ihr zu Häupten und zu Füßen standen lange, mit Maßholderzweigen umwundene Wachskerzen, deren trübes Licht sich in der Helle des Tages verlor. Der Philosoph konnte das Gesicht der Toten nicht sehen, da zwischen ihm und der Leiche der trostlose Vater, den Rücken der Tür zugekehrt, saß. Der Philosoph staunte über die Worte, die der Alte sprach:

»Nicht das tut mir so weh, meine allerliebste Tochter, daß du in der Blüte deiner Jahre, ohne das dir zugemessene Alter erreicht zu haben, mir zu Trauer und Leid die Erde verlassen hast; sondern das, mein Täubchen, daß ich den bösen Feind, der deinen Tod verschuldet hat, nicht kenne. Und wenn ich wüßte, wer dich auch nur in Gedanken beleidigen oder auch nur ein übles Wort über dich sagen könnte, so schwöre ich bei Gott: er würde seine Kinder nicht wiedersehen, wenn er ein alter Mann ist, wie ich; er würde seine Eltern nicht wiedersehen, wenn er noch jung ist; seine Leiche würde ich aber den Vögeln des Feldes und den Tieren der Steppe vorwerfen lassen! Wehe mir, du Blume des Feldes, meine kleine Wachtel, du Licht meiner Augen, daß ich den Rest meines Lebens ohne Freude, die Tränen, die unaufhörlich aus meinen alten Augen strömen, mit dem Saum meines Rockes

Они вышли в сени. Сотник отворил дверь в другую светлицу, бывшую насупротив первой. Философ остановился на минуту в сенях высморкаться и с каким-то безотчетным страхом переступил через порог. Весь пол был устлан красной китайкой. В углу, под образами, на высоком столе лежало тело умершей, на одеяле из синего бархата, убранном золотою бахромою и кистями. Высокие восковые свечи, увитые калиною, стояли в ногах и в головах, изливая свой мутный, терявшийся в дневном сиянии свет. Лицо умершей было заслонено от него неутешным отцом, который сидел перед нею, обращенный спиною к дверям. Философа поразили слова, которые он услышал:

- Я не о том жалею, моя наймилейшая мне дочь, что ты во цвете лет своих, не дожив положенного века, на печаль и горесть мне, оставила землю. Я о том жалею, моя голубонька, что не знаю того, кто был, лютый враг мой, причиною твоей смерти. И если бы я знал, кто мог подумать только оскорбить тебя или хоть бы сказал что-нибудь неприятное о тебе, то, клянусь богом, не увидел бы он больше своих детей, если только он так же стар, как и я; ни своего отца и матери, если только он еще на поре лет, и тело его было бы выброшено на съедение птицам и зверям степным. Но горе мне, моя полевая нагидочка, моя перепеличка, моя ясочка, что проживу я остальной век свой без потехи, утирая полою дробные слезы, текущие из старых очей моих, тогда как враг мой будет веселиться и втайне посмеиваться над хилым старцем...

trocknend, verbringen muß, während mein Feind frohlocken und heimlich über den schwachen Greis lachen wird ...«

Er hielt inne: der verzehrende Schmerz entlud sich in einem Tränenstrom und ließ ihn nicht weitersprechen.

Dieser tiefe Kummer machte auf den Philosophen starken Eindruck; er hüstelte und räusperte sich, um seine Stimme zu reinigen.

Der Hauptmann wandte sich um und zeigte ihm zu Häupten der Toten den kleinen Betstuhl, auf dem mehrere Bücher lagen.

– Drei Nächte werde ich schon irgendwie abarbeiten –, dachte sich der Philosoph. – Dafür wird mir der Herr beide Taschen mit blanken Dukaten vollstopfen. –

Er kam näher heran, räusperte sich noch einmal und begann zu lesen, ohne nach den Seiten zu sehen; er brachte es noch nicht übers Herz, das Gesicht der Toten anzuschauen. Eine tiefe Stille herrschte im Saal. Als er merkte, daß der Hauptmann hinausgegangen war, wandte er langsam den Kopf, um nach der Toten zu schauen, und ...

Ein Beben lief durch seine Adern: vor ihm lag das schönste Geschöpf, das es je auf Erden gegeben hat. Man hat wohl noch nie so strenge und zugleich so harmonische Gesichtszüge gesehen. Sie lag wie lebendig da; die schöne, zarte, wie Schnee, wie Silber weiße Stirn schien noch zu denken; die Brauen – eine schwarze Nacht mitten am sonnigen Tage – wölbten sich fein, ebenmäßig und stolz über den geschlossenen Augen; die Wimpern lagen wie spitze Pfeile auf den Wangen, die noch im Feuer geheimer Lüste glühten; die

Он остановился, и причиною этого была разрывающая горесть, разрешившаяся целым потопом слез.

Философ был тронут такою безутешной печалью. Он закашлял и издал глухое крехтание, желая очистить им немного свой голос.

Сотник оборотился и указал ему место в головах умершей, перед небольшим налоем, на котором лежали книги.

"Три ночи как-нибудь отработаю, - подумал философ, - зато пан набьет мне оба кармана чистыми червонцами".

Он приблизился и, еще раз откашлявшись, принялся читать, не обращая никакого внимания на сторону и не решаясь взглянуть в лицо умершей. Глубокая тишина воцарилась. Он заметил, что сотник вышел. Медленно поворотил он голову, чтобы взглянуть на умершую и...

Трепет пробежал по его жилам: пред ним лежала красавица, какая когда-либо бывала на земле. Казалось, никогда еще черты лица не были образованы в такой резкой и вместе гармонической красоте. Она лежала как живая. Чело, прекрасное, нежное, как снег, как серебро, казалось, мыслило; брови - ночь среди солнечного дня, тонкие, ровные, горделиво приподнялись над закрытыми глазами, а ресницы, упавшие стрелами на щеки, пылавшие жаром тайных желаний; уста - рубины, готовые усмехнуться... Но в них же, в

rubinroten Lippen schienen noch in einem seligen Lächeln, in einer Flut der Freude erbeben zu können ... Zugleich sah er aber in ihren Zügen etwas Grauenhaftes und Stechendes. Er fühlte, wie sein Herz sich qualvoll zusammenkrampfte, als ob er plötzlich mitten im Wirbel ausgelassener Fröhlichkeit, mitten in einer tanzenden Menge einen Totengesang vernommen hätte. Ihre rubinroten Lippen versengten ihm gleichsam das Herz. Und plötzlich sah er in ihren Zügen etwas furchtbar Bekanntes.

»Die Hexe!« rief er mit wilder Stimme; er wandte seinen Blick ab und begann die Gebete weiterzulesen. Es war ja dieselbe Hexe, die er getötet hatte!

Als die Sonne im Sinken war, wurde die Verstorbene in die Kirche gebracht. Der Philosoph half den schwarzen Sarg tragen und stützte ihn mit der Schulter, auf der er eisige Kälte fühlte. Der Hauptmann selbst ging voran und hielt die rechte Seite der engen Totenkammer fest. Die vor Alter ganz schwarze, mit grünem Moos bewachsene Holzkirche mit den drei kegelförmigen Kuppeln ragte traurig am Ende des Dorfes. Es wurde in ihr offenbar seit langem kein Gottesdienst mehr abgehalten. Fast vor jedem Heiligenbild wurden Kerzen angezündet. Der Sarg wurde in der Mitte der Kirche, dem Altar gegenüber, hingestellt. Der alte Hauptmann küßte noch einmal seine tote Tochter, warf sich noch einmal vor dem Sarge auf die Knie und verließ zugleich mit den Sargträgern die Kirche, nachdem er zuvor den Auftrag erteilt hatte, dem Philosophen ein ordentliches Nachtmahl zu geben und ihn nachher wieder in die Kirche zu bringen. Alle, die den Sarg getragen hatten, beeilten sich, sobald sie in der Küche waren, die Hände an den Ofen zu legen, was die Kleinrussen immer tun, wenn sie eine Leiche gesehen haben.

тех же самых чертах, он видел что-то страшно пронзительное. Он чувствовал, что душа его начинала как-то болезненно ныть, как будто бы вдруг среди вихря веселья и закружившейся толпы запел кто-нибудь песню об угнетенном народе. Рубины уст ее, казалось, прикипали кровию к самому сердцу. Вдруг что-то страшно знакомое показалось в лице ее.

- Ведьма! - вскрикнул он не своим голосом, отвел глаза в сторону, побледнел весь и стал читать свои молитвы.

Это была та самая ведьма, которую убил он.

Когда солнце стало садиться, мертвую понесли в церковь. Философ одним плечом своим поддерживал черный траурный гроб и чувствовал на плече своем что-то холодное, как лед. Сотник сам шел впереди, неся рукою правую сторону тесного дома умершей. Церковь деревянная, почерневшая, убранная зеленым мохом, с тремя конусообразными куполами, уныло стояла почти на краю села. Заметно было, что в ней давно уже не отправлялось никакого служения. Свечи были зажжены почти перед каждым образом. Гроб поставили посередине, против самого алтаря. Старый сотник поцеловал еще раз умершую, повергнулся ниц и вышел вместе с носильщиками вон, дав повеление хорошенько накормить философа и после ужина проводить его в церковь. Пришедши в кухню, все несшие гроб начали прикладывать руки к печке, что обыкновенно делают малороссияне, увидевши мертвеца.

Der Hunger, den der Philosoph um diese Zeit zu spüren begann, ließ ihn für eine Weile die Tote gänzlich vergessen. Bald sammelte sich in der Küche das ganze Hausgesinde. Die Küche im Hause des Hauptmanns war eine Art Klub, in dem sich alle versammelten, die auf seinem Hofe wohnten, die Hunde mit inbegriffen, die schweifwedelnd an der Türe erschienen, um sich Knochen und Abfälle zu holen. Wenn irgend jemand irgendwohin in irgendwelchem Auftrag geschickt wurde, so kehrte er zuvor immer in der Küche ein, um wenigstens einen Augenblick auf der Bank auszuruhen und eine Pfeife zu rauchen. Alle Junggesellen, die im Hause wohnten und in schmucken Kosakenröcken einherstolzierten, lagen hier fast den ganzen Tag auf den Bänken, auf dem Ofen, – kurz überall, wo man bequem liegen konnte. Außerdem pflegte jeder immer etwas in der Küche zu vergessen: die Mütze, oder die Peitsche, die als Waffe gegen die fremden Hunde dienen sollte, oder sonst irgend etwas. Doch die besuchtesten Versammlungen fanden hier immer während des Abendbrots statt, wenn auch der Pferdewärter, der seine Pferde in die Hürden eingebracht, und der Kuhhirt, der die Kühe zum Melken heimgeführt hatte, und auch andere Leute, die man während des ganzen Tages nicht zu Gesicht bekam, in der Küche erschienen. Während des Abendbrots wurden selbst die schweigsamsten Zungen geschwätzig. Hier wurde alles besprochen: wer sich neue Pumphosen genäht hatte, und was sich im Innern der Erde befindet, und wem ein Wolf begegnet war. Man bekam hier eine Menge witziger Worte und Redensarten zu hören, an denen unter den Kleinrussen kein Mangel herrscht.

Голод, который в это время начал чувствовать философ, заставил его на несколько минут позабыть вовсе об умершей. Скоро вся дворня мало-помалу начала сходиться в кухню. Кухня в сотниковом доме была что-то похожее на клуб, куда стекалось все, что ни обитало во дворе, считая в это число и собак, приходивших с машущими хвостами к самым дверям за костями и помоями. Куда бы кто ни был посылаем и по какой бы то ни было надобности, он всегда прежде заходил на кухню, чтобы отдохнуть хоть минуту на лавке и выкурить люльку. Все холостяки, жившие в доме, щеголявшие в козацких свитках, лежали здесь почти целый день на лавке, под лавкою, на печке - одним словом, где только можно было сыскать удобное место для лежанья. Притом всякий вечно позабывал в кухне или шапку, или кнут для чужих собак, или что-нибудь подобное. Но самое многочисленное собрание бывало во время ужина, когда приходил и табунщик, успевший загнать своих лошадей в загон, и погонщик, приводивший коров для дойки, и все те, которых в течение дня нельзя было увидеть. За ужином болтовня овладевала самыми неговорливыми языками. Тут обыкновенно говорилось обо всем: и о том, кто пошил себе новые шаровары, и что находится внутри земли, и кто видел волка. Тут было множество бонмотистов, в которых между малороссиянами нет недостатка.

Der Philosoph setzte sich mit den andern in den weiten Kreis, der sich unter freiem Himmel vor der Küchentür gebildet hatte. In der Tür erschien bald darauf eine alte Frau mit rotem Kopftuch; sie hielt mit beiden Händen einen Topf heißer Quarkklöße, den sie in die Mitte des Kreises der Hungrigen stellte, ein jeder holte aus der Tasche einen Holzlöffel hervor; und solche, die keine Löffel besaßen, nahmen Holzstäbchen zur Hand. Sobald die Kiefer sich etwas langsamer zu bewegen begannen und die ganze Gesellschaft ihren Wolfshunger ein wenig gestillt hatte, fingen einzelne Mitglieder der Versammlung zu reden an. Das Gespräch drehte sich naturgemäß um die Verstorbene.

»Ist es wahr«, fragte ein junger Schäfer, der an seinem Pfeifenriemen so viele Knöpfe und Messingbleche angebracht hatte, daß er wie ein Kramladen aussah: »ist das wahr, daß das Fräulein – ich will ihr Andenken damit nicht beleidigen – mit dem Teufel Umgang pflegte?«

»Wer? Das Fräulein?« sagte Dorosch, den unser Philosoph schon von früher her kannte. »Sie war ja eine richtige Hexe! Ich leiste jeden Eid, daß sie eine Hexe war!«

»Hör auf, Dorosch«, sagte der Kosak, der während der Fahrt große Neigung gezeigt hatte, den andern zu trösten: »Es ist ja nicht unsere Sache, Gott sei mit ihr! Man soll davon lieber nicht reden.« – Dorosch hatte aber nicht die geringste Lust, zu schweigen; er war soeben mit dem Kellermeister in einer wichtigen Angelegenheit im Weinkeller gewesen und hatte sich an die zwei Male über zwei oder drei Fässer gebeugt; er war in der besten Laune zurückgekehrt und redete nun ununterbrochen.

Философ уселся вместе с другими в обширный кружок на вольном воздухе перед порогом кухни. Скоро баба в красном очипке высунулась из дверей, держа в обеих руках горячий горшок с галушками, и поставила его посреди готовившихся ужинать. Каждый вынул из кармана своего деревянную ложку, иные, за неимением, деревянную спичку. Как только уста стали двигаться немного медленнее и волчий голод всего этого собрания немного утишился, многие начали разговаривать. Разговор, натурально, должен был обратиться к умершей.

- Правда ли, - сказал один молодой овчар, который насадил на свою кожаную перевязь для люльки столько пуговиц и медных блях, что был похож на лавку мелкой торговки, - правда ли, что панночка, не тем будь помянута, зналась с нечистым?

- Кто? панночка? - сказал Дорош, уже знакомый прежде нашему философу. - Да она была целая ведьма! Я присягну, что ведьма!

- Полно, полно, Дорош! - сказал другой, который во время дороги изъявлял большую готовность утешать. - Это не наше дело; бог с ним. Нечего об этом толковать.

Но Дорош вовсе не был расположен молчать. Он только что перед тем сходил в погреб вместе с ключником по какому-то нужному делу и, наклонившись раза два к двум или трем бочкам, вышел оттуда чрезвычайно веселый и говорил без умолку.

»Was willst du? Daß ich schweige?« sagte er. »Sie ist ja auch auf mir selbst herumgeritten! Bei Gott, sie hat es getan!«

»Wie ist das eigentlich, Onkel?« fragte der junge Schäfer mit den Knöpfen. »Gibt es irgendwelche Anzeichen, an denen man eine Hexe erkennen kann?«

»Nein«, antwortete Dorosch, »es gibt kein Mittel, eine zu erkennen; und wenn man auch alle Psalmen herunterliest, erfährt man es doch nicht.«

»Man kann es wohl erkennen, Dorosch, leugne es nicht!« sagte der Tröster von gestern. »Gott hat nicht umsonst einem jeden irgendeine Eigenheit verliehen: Menschen, die sich in den Wissenschaften auskennen, sagen, daß jede Hexe einen kleinen Schwanz hat.«

»Wenn ein Weib alt ist, so ist sie eben eine Hexe«, sagte kaltblütig der alte Kosak.

»Ihr seid gut!« fiel ihnen die Alte ins Wort, die eben eine neue Portion Klöße in den Topf, der sich inzwischen geleert hatte, schüttete. »Ihr seid mir echte dicke Wildschweine!«

Der Kosak, der mit dem Namen Jawtuch und mit dem Spitznamen Kowtun hieß, lächelte vergnügt, als er merkte, daß die Alte sich von seinen Worten getroffen fühlte; der Viehtreiber ließ aber ein so dröhnendes Lachen erschallen, als hätten sich zwei Stiere gegenübergestellt und zugleich zu brüllen angefangen.

Das begonnene Gespräch stachelte die Neugierde des Philosophen auf und weckte in ihm das unüberwindliche Verlangen, Genaueres über die verstorbene Hauptmannstochter

- Что ты хочешь? Чтобы я молчал? - сказал он. - Да она на мне самом ездила! Ей-богу, ездила!

- А что, дядько, - сказал молодой овчар с пуговицами, - можно ли узнать по каким-нибудь приметам ведьму?

- Нельзя, - отвечал Дорош. - Никак не узнаешь; хоть все псалтыри перечитай, то не узнаешь.

- Можно, можно, Дорош. Не говори этого, - произнес прежний утешитель. - Уже бог недаром дал всякому особый обычай. Люди, знающие науку, говорят, что у ведьмы есть маленький хвостик.

- Когда стара баба, то и ведьма, - сказал хладнокровно седой козак.

- О, уж хороши и вы! - подхватила баба, которая подливала в то время свежих галушек в очистившийся горшок, - настоящие толстые кабаны.

Старый козак, которого имя было Явтух, а прозвание Ковтун, выразил на губах своих улыбку удовольствия, заметив, что слова его задели за живое старуху; а погонщик скотины пустил такой густой смех, как будто бы два быка, ставши один против другого, замычали разом.

Начавшийся разговор возбудил непреодолимое желание и любопытство философа узнать обстоятельнее про умершую сотникову дочь. И потому, желая опять

zu erfahren. Um das Gespräch auf den früheren Gegenstand zurückzubringen, wandte er sich an seinen Nachbarn mit folgenden Worten: »Ich möchte gerne wissen, warum diese ganze Gesellschaft, die hier am Tische sitzt, die Hauptmannstochter für eine Hexe hält? Hat sie denn jemand etwas Böses zugefügt oder gar den Garaus gemacht?«

»Es ist manches vorgekommen«, sagte einer der Anwesenden, dessen Gesicht so flach wie eine Schaufel war.

»Wer erinnert sich nicht an den Hundewärter Mikita? Oder an den andern ...«

»Was war denn mit dem Hundewärter Mikita?« fragte der Philosoph.

»Halt! Ich will vom Hundewärter Mikita erzählen!« sagte Dorosch.

»Nein, ich will von Mikita erzählen!« rief der Pferdewärter dazwischen: »Er war doch mein Gevatter.«

»Ich will von Mikita erzählen«, sagte Spirid.

»Ja, soll es Spirid erzählen«, riefen die andern.

Spirid begann: »Herr Philosoph Choma, du hast den Mikita nicht gekannt. Das war ein ganz seltener Mensch! Einen jeden Hund kannte er so genau wie seinen leiblichen Vater. Der jetzige Hundewärter Mikola, der Dritte neben mir, ist seines kleinen Fingers nicht wert. Obwohl auch er seine Sache versteht, ist er gegen Mikita wie Mist!«

навести его на прежнюю материю, обратился к соседу своему с такими словами:

- Я хотел спросить, почему все это сословие, что сидит за ужином, считает панночку ведьмою? Что ж, разве она кому-нибудь причинила зло или извела кого-нибудь?

- Было всякого, - отвечал один из сидевших, с лицом гладким, чрезвычайно похожим на лопату.

- А кто не припомнит псаря Микиту, или того...

- А что ж такое псарь Микита? - сказал философ.

- Стой! я расскажу про псаря Микиту, - сказал Дорош.

- Я расскажу про Микиту, - отвечал табунщик, - потому что он был мой кум.

- Я расскажу про Микиту, - сказал Спирид.

- Пускай, пускай Спирид расскажет! - закричала толпа.

Спирид начал:

- Ты, пан философ Хома, не знал Микиты. Эх, какой редкий был человек! Собаку каждую он, бывало, так знает, как родного отца. Теперешний псарь Микола, что сидит третьим за мною, и в подметки ему не годится. Хотя он тоже разумеет свое дело, но он против него - дрянь, помои.

»Du erzählst gut, sehr gut!« sagte Dorosch und nickte anerkennend mit dem Kopf.

Spirid fuhr fort: »Einen Hasen erspähte er schneller, als ein anderer sich den Tabak aus der Nase wischt. Manchmal pfiff er seinen Hunden und rief: ›Los, Räuber, los, Schneller!‹ und sauste selbst auf seinem Gaul so schnell dahin, daß man unmöglich erkennen konnte, wer wen überholte: ob er die Hunde, oder die Hunde ihn. Manchmal soff er auf einmal ein ganzes Quart Schnaps aus, und das machte ihm nichts. Ein ausgezeichneter Hundewärter war's! Aber seit einiger Zeit hatte er sich in das Fräulein vergafft. Ich weiß nicht, ob er sich in sie verliebt, oder ob sie ihn behext hatte, aber der Mann kam auf einmal herunter und war ganz zu einem Weibe geworden; weiß der Teufel, was er geworden war. Es ist sogar unanständig, es auszusprechen.«

»Sehr schön erzählst du«, sagte Dorosch.

»Wenn ihn nur das Fräulein ansah, ließ er gleich die Zügel los, nannte den ›Räuber‹ – ›Browko‹, stolperte und machte noch ähnliche Dummheiten. Einmal kam das Fräulein in den Stall, wo er das Pferd striegelte. – ›Laß mich einmal‹, sagte sie, ›dir mein Füßchen auf den Rücken setzen.‹ Er aber, der Narr, war ganz außer sich vor Freude und sagte: ›Nicht bloß dein Füßchen sollst du auf mich setzen, setz dich ganz auf mich herauf.‹ Das Fräulein hob den Fuß, und wie er ihr bloßes, pralles, weißes Bein sah, so war er, wie er sagte, vom Zauber wie betäubt. Der Dummkopf beugte den Rücken, ergriff ihre beiden bloßen Beinchen mit den Händen und begann wie ein Pferd über das Feld zu rennen; wo sie überall herumgeritten waren, konnte er nachher gar nicht sagen. Er kam aber mehr tot als lebendig heim und begann von jenem

- Ты хорошо рассказываешь, хорошо! - сказал Дорош, одобрительно кивнув головою.

Спирид продолжал:

- Зайца увидит скорее, чем табак утрешь из носу. Бывало, свистнет: "А ну, Разбой! а ну, Быстрая!" - а сам на коне во всю прыть, - и уже рассказать нельзя, кто кого скорее обгонит: он ли собаку или собака его. Сивухи кварту свиснет вдруг, как бы не бывало. Славный был псарь! Только с недавнего времени начал он заглядываться беспрестанно на панночку. Вклепался ли он точно в нее или уже она так его околдовала, только пропал человек, обабился совсем; сделался черт знает что; пфу! непристойно и сказать.

- Хорошо, - сказал Дорош.

- Как только панночка, бывало, взглянет на него, то и повода из рук пускает, Разбоя зовет Бровком, спотыкается и невесть что делает. Один раз панночка пришла на конюшню, где он чистил коня. Дай говорит, Микитка, я положу на тебя свою ножку. А он, дурень, и рад тому: говорит, что не только ножку, но и сама садись на меня. Панночка подняла свою ножку, и как увидел он ее нагую, полную и белую ножку, то, говорит, чара так и ошеломила его. Он, дурень, нагнул спину и, схвативши обеими руками за нагие ее ножки, пошел скакать, как конь, по всему полю, и куда они ездили, он ничего не мог сказать; только воротился едва живой, и с той поры иссохнул весь, как щепка; и когда раз пришли на конюшню, то вместо его лежала

Tage an dahinzuschwinden, bis er so dürr wie ein Span wurde; und als man einmal in den Stall kam, fand man nur ein Häuflein Asche und einen leeren Eimer vor; er war völlig verbrannt, ganz von selbst verbrannt. Und doch war er ein Hundewärter gewesen, wie man einen solchen auf der ganzen Welt nicht wieder findet.«

Als Spirid mit seinem Bericht zu Ende war, begann man über die Vorzüge des früheren Hundewärters zu sprechen.

»Und hast du nichts von Scheptuns Weib gehört?« wandte sich Dorosch an Choma.

»Nein.«

»Ach ja! Ihr lernt wohl in eurer Bursa nicht viel Gescheites. Hör also zu. Wir haben im Dorfe einen Kosaken namens Scheptun, – ein feiner Kosak ist er! Manchmal stiehlt er zwar oder lügt auch so ganz ohne Grund, aber er ist ein vortrefflicher Kosak. Sein Haus ist nicht weit von hier. Um die gleiche Stunde, zu der wir uns heute ans Abendbrot setzten, hatten einmal Scheptun und sein Weib ihr Abendbrot verzehrt und sich schlafen gelegt; da das Wetter schön war, legte sich das Weib auf den Hof, Scheptun legte sich aber auf eine Bank in der Stube; oder nein: das Weib legte sich auf die Bank und Scheptun auf den Hof...«

»Das Weib legte sich gar nicht auf die Bank, sondern auf den Boden«, wandte die Alte ein, die, den Kopf in die Hand gestützt, an der Schwelle stand.

Dorosch sah sie an, senkte den Blick, sah sie wieder an und sagte nach kurzem Schweigen: »Wenn ich dir vor aller

только куча золы да пустое ведро: сгорел совсем; сгорел сам собою. А такой был псарь, какого на всем свете не можно найти.

Когда Спирид окончил рассказ свой, со всех сторон пошли толки о достоинствах бывшего псаря.

- А про Шепчиху ты не слышал? - сказал Дорош, обращаясь к Хоме.

- Нет.

- Эге-ге-ге! Так у вас, в бурсе, видно, не слишком большому разуму учат. Ну, слушай! У нас есть на селе козак Шептун. Хороший козак! Он любит иногда украсть и соврать без всякой нужды, но... хороший козак. Его хата не так далеко отсюда. В такую самую пору, как мы теперь сели вечерять, Шептун с жинкою, окончивши вечерю, легли спать, а так как время было хорошее, то Шепчиха легла на дворе, а Шептун в хате на лавке; или нет: Шепчиха в хате на лавке, а Шептун на дворе...

- И не на лавке, а на полу легла Шепчиха, - подхватила баба, стоя у порога и подперши рукою щеку.

Дорош поглядел на нее, потом поглядел вниз, потом опять на нее и, немного помолчав, сказал:

- Когда скину с тебя при всех исподницу, то нехорошо будет.

Augen den Unterrock abziehe, so wird es gar nicht schön aussehen.«

Diese Warnung verfehlte ihre Wirkung nicht. Die Alte schwieg und unterbrach ihn nicht mehr.

Dorosch fuhr fort: »Und in der Wiege, die mitten in der Hütte hing, lag ein einjähriges Kind, ich weiß nicht mehr, ob es männlichen oder weiblichen Geschlechts war. Scheptuns Weib lag da und hörte plötzlich, wie ein Hund draußen an der Tür kratzte und so heulte, daß man davonlaufen könnte. Sie erschrak: die Weiber sind ja ein so dummes Volk, daß ihnen das Herz in die Ferse fällt, wenn abends jemand auch nur die Zunge zur Tür hineinsteckt. Sie sagte sich aber: ›Ich will dem verdammten Hund eins auf die Schnauze geben, vielleicht wird er aufhören zu heulen.‹ –

Sie nahm also einen Schürhaken und ging zur Tür. Kaum hatte sie aber die Tür ein wenig aufgemacht, als der Hund ihr zwischen den Beinen hindurchrannte und sich auf die Wiege stürzte. Scheptuns Weib sah, daß es nicht mehr der Hund war, sondern das Fräulein; und wenn es noch das Fräulein in solcher Gestalt wäre, in der sie es kannte, – das würde noch nichts machen; aber das ist eben die Sache: das Fräulein war ganz blau, und ihre Augen glühten wie Kohlen. Sie packte das Kind, biß ihm die Kehle durch und begann sein Blut zu trinken. Scheptuns Weib schrie nur: ›Herrgott!‹ und rannte aus der Stube. Die Tür im Flur war aber verschlossen, sie stieg darum auf den Dachboden hinauf; das dumme Weib saß auf dem Dachboden und zitterte am ganzen Leibe; nach einer Weile kam aber auch das Fräulein auf den Dachboden hinauf, fiel über sie her und begann sie zu beißen. Erst am Morgen holte Scheptun sein Weib vom

Это предостережение имело свое действие. Старуха замолчала и уже ни разу не перебила речи.

Дорош продолжал:

- А в люльке, висевшей среди хаты, лежало годовое дитя - не знаю, мужеского или женского пола. Шепчиха лежала, а потом слышит, что за дверью скребется собака и воет так, хоть из хаты беги. Она испугалась; ибо бабы такой глупый народ, что высунь ей под вечер из-за дверей язык, то и душа войдет в пятки. Однако ж думает, дай-ка я ударю по морде проклятую собаку, авось-либо перестанет выть, - и, взявши кочергу, вышла отворить дверь. Не успела она немного отворить, как собака кинулась промеж ног ее и прямо к детской люльке. Шепчиха видит, что это уже не собака, а панночка. Да притом пускай бы уже панночка в таком виде, как она ее знала, - это бы еще ничего; но вот вещь и обстоятельство: что она была вся синяя, а глаза горели, как уголь. Она схватила дитя, прокусила ему горло и начала пить из него кровь. Шепчиха только закричала: "Ох, лишечко!" - да из хаты. Только видит, что в сенях двери заперты. Она на чердак; сидит и дрожит, глупая баба, а потом видит, что панночка к ней идет и на чердак; кинулась на нее и начала глупую бабу кусать. Уже Шептун поутру вытащил оттуда свою жинку, всю искусанную и посиневшую.

Boden herunter: sie war ganz blau und zerbissen und starb am nächsten Tage. Ja, was es nicht alles für Teufelswerk gibt! Sie ist zwar von herrschaftlichem Geblüt, aber doch eine Hexe.«

Dorosch war mit seiner Erzählung zu Ende. Er ließ seinen Blick selbstzufrieden im Kreise schweifen und steckte einen Finger in den Kopf seiner Pfeife, um sie von neuem zu stopfen. Das Thema von der Hexe schien unerschöpflich. Ein jeder wollte seinen Beitrag dazu liefern. Zu dem einen war die Hexe in Gestalt eines Heuwagens dicht vor die Haustür gekommen; dem andern hatte sie die Pfeife oder die Mütze gestohlen; vielen Mädchen im Dorfe hatte sie die Zöpfe abgeschnitten; und anderen je einige Eimer Blut ausgesogen.

Endlich kam die Gesellschaft zur Besinnung und merkte, daß sie sich gar zu sehr verplaudert hatte: es war inzwischen stockfinster geworden. Ein jeder suchte nun sein Nachtlager auf; die einen schliefen in der Küche, die andern in den Schuppen oder mitten auf dem Hofe.

»Nun, Herr Choma! Es ist Zeit, zu der Toten zu gehen«, wandte sich der alte Kosak zum Philosophen. Sie begaben sich zu viert, darunter Spirid und Dorosch, zur Kirche. Unterwegs mußten sie sich mit Peitschen gegen die Hunde wehren, von denen es im Dorfe eine Unmenge gab und die ihnen wütend in die Stöcke bissen.

Obwohl der Philosoph sich bereits mit einem ordentlichen Glas Schnaps gestärkt hatte, fühlte er immer mehr Angst, je näher sie an die erleuchtete Kirche kamen. Alle die seltsamen Geschichten und Berichte, die er soeben gehört hatte, gaben seiner Phantasie neue Nahrung. Das Dunkel in der Nähe des

А на другой день и умерла глупая баба. Так вот какие устройства и обольщения бывают! Оно хоть и панского помету, да все когда ведьма, то ведьма.

После такого рассказа Дорош самодовольно оглянулся и засунул палец в свою трубку, приготовляя ее к набивке табаком. Материя о ведьме сделалась неисчерпаемою. Каждый, в свою очередь, спешил что-нибудь рассказать. К тому ведьма в виде скирды сена приехала к самым дверям хаты; у другого украла шапку или трубку; у многих девок на селе отрезала косу; у других выпила по нескольку ведер крови.

Наконец вся компания опомнилась и увидела, что заболталась уже чересчур, потому что уже на дворе была совершенная ночь. Все начали разбродиться по ночлегам, находившимся или на кухне, или в сараях, или среди двора.

- А ну, пан Хома! теперь и нам пора идти к покойнице, - сказал седой козак, обратившись к философу, и все четверо, в том числе Спирид и Дорош, отправились в церковь, стегая кнутами собак, которых на улице было великое множество и которые со злости грызли их палки.

Философ, несмотря на то что успел подкрепить себя доброю кружкою горелки, чувствовал втайне подступавшую робость по мере того, как они приближались к освещенной церкви. Рассказы и странные истории, слышанные им, помогали еще более действовать его воображению. Мрак под тыном и деревьями начинал

Zaunes und der Bäume hellte sich ein wenig auf; sie kamen auf einen freien Platz hinaus. Endlich traten sie durch das baufällige Tor in den Kirchenhof ein, wo es keinen einzigen Baum gab und von wo aus man nichts als leeres Feld und die vom Dunkel der Nacht verhüllten Wiesen sah. Die drei Kosaken stiegen zusammen mit Choma die steile Treppe hinauf und traten in die Kirche. Hier ließen sie den Philosophen zurück, nachdem sie ihm einen glücklichen Abschluß seines Werkes gewünscht und hinter ihm, auf Befehl ihres Herrn, die Tür versperrt hatten.

Der Philosoph blieb allein. Zuerst gähnte er, dann streckte er sich, blies in beide Hände und sah sich endlich in der Kirche um. In der Mitte stand der schwarze Sarg; vor den dunklen Heiligenbildern flackerten die Kerzen, deren Licht nur die Wand mit den Heiligenbildern und zum Teil auch die Mitte der Kirche erleuchtete; die entfernteren Ecken blieben in Dunkel gehüllt. Der hohe altertümliche Aufbau mit den Heiligenbildern schien recht baufällig; das durchbrochene Schnitzwerk, das einst vergoldet gewesen, glänzte nur an wenigen Stellen: die Vergoldung war hier abgefallen und dort schwarz geworden; die vor Alter ganz schwarzen Antlitze der Heiligen blickten düster. Der Philosoph sah sich noch einmal um. »Was ist denn dabei?« sagte er sich: »Was habe ich zu fürchten? Kein Mensch kann hereinkommen, was aber die Toten und die Gespenster betrifft, so habe ich gegen sie gar kräftige Gebete; wenn ich sie aufsage, wird mich niemand auch nur mit einem Finger anrühren. Es ist nicht so schlimm!« fügte er ermutigt hinzu. »Wollen wir also lesen.« Er sah im Chor einige Bündel Kerzen liegen.

редеть; место становилось обнаженнее. Они вступили наконец за ветхую церковную ограду в небольшой дворик, за которым не было ни деревца и открывалось одно пустое поле да поглощенные ночным мраком луга. Три козака взошли вместе с Хомою по крутой лестнице на крыльцо и вступили в церковь. Здесь они оставили философа, пожелав ему благополучно отправить свою обязанность, и заперли за ним дверь, по приказанию пана.

Философ остался один. Сначала он зевнул, потом потянулся, потом фукнул в обе руки и наконец уже обсмотрелся. Посредине стоял черный гроб. Свечи теплились пред темными образами. Свет от них освещал только иконостас и слегка середину церкви. Отдаленные углы притвора были закутаны мраком. Высокий старинный иконостас уже показывал глубокую ветхость; сквозная резьба его, покрытая золотом, еще блестела одними только искрами. Позолота в одном месте опала, в другом вовсе почернела; лики святых, совершенно потемневшие, глядели как-то мрачно. Философ еще раз обсмотрелся.

- Что ж, - сказал он, - чего тут бояться? Человек прийти сюда не может, а от мертвецов и выходцев из того света есть у меня молитвы такие, что как прочитаю, то они меня и пальцем не тронут. Ничего!- повторил он, махнув рукою, - будем читать!

Подходя к крылосу, увидел он несколько связок свечей.

»Gut, daß ich sie hier finde«, sagte sich der Philosoph. »Ich will die ganze Kirche taghell erleuchten. Schade, daß man im Gotteshause keine Pfeife rauchen darf!«

Und er begann die Wachskerzen an alle Gesimse, Pulte und Heiligenbilder zu kleben, ohne mit ihnen zu sparen, und die ganze Kirche war bald voller Licht. Nur das Dunkel oben an der Decke schien noch dichter geworden, und die dunklen Heiligenbilder blickten noch düsterer aus ihren altertümlichen geschnitzten Rahmen, an denen hie und da die Vergoldung funkelte. Er ging an den Sarg heran und blickte der Toten ins Gesicht; er fuhr leicht zusammen und mußte die Augen schließen: so schrecklich, so blendend war ihre Schönheit. Er wandte sich ab und wollte vom Sarge fortgehen; doch die seltsame Neugierde, das seltsame widerspruchsvolle Gefühl, das den Menschen auch in Augenblicken der Angst nicht verläßt, zwang ihn, vor dem Weggehen noch einen Blick auf sie zu werfen; er erschauerte wieder, mußte sie aber gleich darauf noch einmal anblicken. Die ungewöhnliche Schönheit der Toten erschien ihm in der Tat schrecklich. Wenn sie weniger schön gewesen wäre, hätte sie in ihm diesen panischen Schrecken vielleicht gar nicht wachgerufen. Aber in ihren Zügen war nichts Trübes, Verschwommenes, Totes; das Gesicht war lebendig, und dem Philosophen kam es vor, als ob sie ihn durch ihre gesenkten Lider hindurch ansähe. Es schien ihm sogar, daß unter den Wimpern des rechten Auges eine Träne hervorrolle; und als sie auf der Wange hängenblieb, sah er ganz deutlich, daß es ein Blutstropfen war.

"Это хорошо, - подумал философ, - нужно осветить всю церковь так, чтобы видно было, как днем. Эх, жаль, что во храме божием не можно люльки выкурить!"

И он принялся прилепливать восковые свечи ко всем карнизам, налоям и образам, не жалея их нимало, и скоро вся церковь наполнилась светом. Вверху только мрак сделался как будто сильнее, и мрачные образа глядели угрюмей из старинных резных рам, кое-где сверкавших позолотой. Он подошел ко гробу, с робостию посмотрел в лицо умершей и не мог не зажмурить, несколько вздрогнувши, своих глаз.

Такая страшная, сверкающая красота!

Он отворотился и хотел отойти; но по странному любопытству, по странному поперечивающему себе чувству, не оставляющему человека особенно во время страха, он не утерпел, уходя, не взглянуть на нее и потом, ощутивши тот же трепет, взглянул еще раз. В самом деле, резкая красота усопшей казалась страшною. Может быть, даже она не поразила бы таким паническим ужасом, если бы была несколько безобразнее. Но в ее чертах ничего не было тусклого, мутного, умершего. Оно было живо, и философу казалось, как будто бы она глядит на него закрытыми глазами. Ему даже показалось, как будто из-под ресницы правого глаза ее покатилась слеза, и когда она остановилась на щеке, то он различил ясно, что это была капля крови.

Er eilte zum Chor, schlug das Buch auf und begann, um sich Mut zu machen, mit lauter Stimme zu lesen. Seine Stimme schlug gegen die seit langer Zeit stummen und tauben Holzwände der Kirche; sein tiefer Baß klang in der Totenstille so furchtbar einsam und weckte kein Echo; dem Lesenden kam seine eigene Stimme fremd vor. – Was soll ich fürchten? – dachte er sich. – Sie wird doch nicht aus ihrem Sarge aufstehen, sie wird Angst vor dem Worte des Herrn haben. Soll sie nur liegen! Was wäre ich auch für ein Kosak, wenn ich Angst hätte? Ich habe wohl etwas zuviel getrunken, darum kommt mir alles so schrecklich vor. Jetzt will ich mir eine Prise nehmen. Ein guter Tabak! Ein feiner Tabak! Ein ausgezeichneter Tabak!« Beim Umblättern einer jeden Seite mußte er aber immer wieder nach dem Sarge schielen, und ein zwingendes Gefühl schien ihm zuzuflüstern: »Gleich wird sie aufstehen! Gleich wird sie sich erheben und aus dem Sarge herausschauen! –

Nichts störte aber die Totenstille, der Sarg blieb unbeweglich; die Kerzen ergossen ein ganzes Meer von Licht. Wie unheimlich ist so eine hellerleuchtete Kirche bei Nacht, ohne eine Menschenseele, mit einer Leiche in der Mitte!

Er erhob seine Stimme und begann in den verschiedensten Tonarten zu singen, um den Rest seiner Furcht zu betäuben; aber jeden Augenblick wandte er seinen Blick zum Sarge, wie wenn er sich immer wieder fragte: – Und wenn sie sich erhebt, wenn sie aus dem Sarge aufsteht? – Der Sarg rührte sich aber nicht. Wenn doch irgendein Laut, irgendein lebendes Wesen, und wäre es auch nur ein Heimchen in einem Winkel, zu hören gewesen wäre! Er hörte aber nur, wie eine entfernte Kerze leise knisterte oder wie ein Wachstropfen zu Boden fiel.

Он поспешно отошел к крылосу, развернул книгу и, чтобы более ободрить себя, начал читать самым громким голосом. Голос его поразил церковные деревянные стены, давно молчаливые и оглохлые. Одиноко, без эха, сыпался он густым басом в совершенно мертвой тишине и казался несколько диким даже самому чтецу.

"Чего бояться? - думал он между тем сам про себя. - Ведь она не встанет из своего гроба, потому что побоится божьего слова. Пусть лежит! Да и что я за козак, когда бы устрашился? Ну, выпил лишнее - оттого и показывается страшно. А понюхать табаку: эх, добрый табак! Славный табак! Хороший табак!"

Однако же, перелистывая каждую страницу, он посматривал искоса на гроб, и невольное чувство, казалось, шептало ему: "Вот, вот встанет! вот поднимется, вот выглянет из гроба!"

Но тишина была мертвая. Гроб стоял неподвижно. Свечи лили целый потоп света. Страшна освещенная церковь ночью, с мертвым телом и без души людей!

Возвыся голос, он начал петь на разные голоса, желая заглушить остатки боязни. Но через каждую минуту обращал глаза свои на гроб, как будто бы задавая невольный вопрос: "Что, если подымется, если встанет она?"

Но гроб не шелохнулся. Хоть бы какой-нибудь звук, какое-нибудь живое существо, даже сверчок отозвался

– Und wenn sie sich erhebt? ... –

Sie hob den Kopf...

Er blickte wie wahnsinnig hin und rieb sich die Augen. Sie lag wirklich nicht mehr, sie saß aufrecht in ihrem Sarge. Er wandte die Augen weg, richtete sie aber entsetzt wieder auf den Sarg. Sie war aufgestanden... sie ging durch die Kirche mit geschlossenen Augen, die Arme vor sich ausgestreckt, als ob sie jemand erhaschen wolle.

Sie ging geradeswegs auf ihn zu. In seiner Angst beschrieb er einen Zauberkreis um sich herum; mit großer Anstrengung las er seine Gebete herunter und die Beschwörungen, die ihn ein Mönch, der sein Leben lang stets Hexen und unsaubere Geister gesehen, gelehrt hatte.

Sie stand fast am Rande seines Kreises; und er sah, daß sie nicht die Kraft hatte, den Kreis zu überschreiten; und sie wurde plötzlich ganz blau wie eine Leiche, die schon mehrere Tage gelegen hat. Choma hatte nicht den Mut, sie anzuschauen: so schrecklich war sie. Sie klapperte mit den Zähnen und schlug ihre toten Augen auf; sie konnte aber nichts sehen, und ihr Gesicht erbebte vor Wut. Sie wandte sich mit ausgebreiteten Armen nach einer andern Seite und umschlang jede Säule, jeden Vorsprung mit der Absicht, Choma zu fangen. Endlich blieb sie stehen, drohte mit dem Finger und legte sich wieder in ihren Sarg.

в углу! Чуть только слышался легкий треск какой-нибудь отдаленной свечки или слабый, слегка хлопнувший звук восковой капли, падавшей на пол.

"Ну, если подымется?.."

Она приподняла голову...

Он дико взглянул и протер глаза. Но она точно уже не лежит, а сидит в своем гробе. Он отвел глаза свои и опять с ужасом обратил на гроб. Она встала... идет по церкви с закрытыми глазами, беспрестанно расправляя руки, как бы желая поймать кого-нибудь.

Она идет прямо к нему. В страхе очертил он около себя круг. С усилием начал читать молитвы и произносить заклинания, которым научил его один монах, видевший всю жизнь свою ведьм и нечистых духов.

Она стала почти на самой черте; но видно было, что не имела сил переступить ее, и вся посинела, как человек, уже несколько дней умерший. Хома не имел духа взглянуть на нее. Она была страшна. Она ударила зубами в зубы и открыла мертвые глаза свои. Но, не видя ничего, с бешенством - что выразило ее задрожавшее лицо - обратилась в другую сторону и, распростерши руки, обхватывала ими каждый столп и угол, стараясь поймать Хому. Наконец остановилась, погрозив пальцем, и легла в свой гроб.

Der Philosoph konnte noch immer nicht zu sich kommen und blickte immer wieder entsetzt auf die enge Behausung der Hexe. Plötzlich riß sich der Sarg von seiner Stelle los und begann sausend durch die ganze Kirche zu fliegen und die Luft in allen Richtungen zu durchschneiden. Der Philosoph sah ihn fast über seinem Kopfe schweben; zugleich merkte er aber, daß der Sarg nicht die Kraft hatte, in den von ihm beschriebenen Kreis zu dringen, und er begann seine Beschwörungen mit doppeltem Eifer aufzusagen. Der Sarg fiel mit lautem Krachen in die Mitte der Kirche nieder und rührte sich nicht mehr. Und wieder erhob sich die Leiche, die jetzt ganz blau und grün war. Doch in diesem Augenblick ertönte ein ferner Hahnenschrei; die Leiche fiel in den Sarg zurück, und der Deckel klappte zu.

Dem Philosophen klopfte das Herz wie wild, und der Schweiß floß ihm in Strömen über die Stirn; der Hahnenschrei hatte ihn aber ermutigt, und er las nun schnell die Seiten herunter, die er während der Nacht hätte lesen müssen. Beim ersten Morgengrauen kamen der Küster und Jawtuch in die Kirche, um ihn abzulösen. Der alte Jawtuch versah diesmal das Amt des Kirchenältesten.

Als der Philosoph sein fernes Nachtlager erreicht hatte, konnte er lange Zeit nicht einschlafen; schließlich siegte aber doch die Müdigkeit, und er schlief bis zu Mittag durch. Als er erwachte, war es ihm, als ob das ganze nächtliche Erlebnis ein Traum gewesen wäre. Man verabreichte ihm zur Stärkung ein Quart Schnaps. Beim Essen wurde er wieder gesprächig, machte hie und da seine Bemerkungen und verzehrte fast allein ein ziemlich großes Ferkel. Aber ein seltsames Gefühl, das er sich selbst nicht erklären konnte, hielt ihn davon ab, von den Ereignissen in der Kirche zu sprechen;

Философ все еще не мог прийти в себя и со страхом поглядывал на это тесное жилище ведьмы. Наконец гроб вдруг сорвался с своего места и со свистом начал летать по всей церкви, крестя во всех направлениях воздух. Философ видел его почти над головою, но вместе с тем видел, что он не мог зацепить круга, им очерченного, и усилил свои заклинания. Гроб грянулся на средине церкви и остался неподвижным. Труп опять поднялся из него, синий, позеленевший. Но в то время послышался отдаленный крик петуха. Труп опустился в гроб и захлопнулся гробовою крышкою.

Сердце у философа билось, и пот катился градом; но, ободренный петушьим крюком, он дочитывал быстрее листы, которые должен был прочесть прежде. При первой заре пришли сменить его дьячок и седой Явтух, который на тот раз отправлял должность церковного старосты.

Пришедши на отдаленный ночлег, философ долго не мог заснуть, но усталость одолела, и он проспал до обеда. Когда он проснулся, все ночное событие казалось ему происходившим во сне. Ему дали для подкрепления сил кварту горелки. За обедом он скоро развязался, присовокупил кое к чему замечания и съел почти один довольно старого поросенка; но, однако же, о своем событии в церкви он не решался говорить по какому-то безотчетному для него самого чувству и на вопросы любопытных отвечал: "Да, были всякие чудеса". Философ был одним из числа тех людей, которых если накормят, то у них пробуждается необык-

auf die Fragen der Neugierigen antwortete er nur: »Ja, da gab es mancherlei Wunder.« Der Philosoph gehörte zu jenen Leuten, die sehr menschenfreundlich werden, sobald sie gut gegessen haben. Er lag mit der Pfeife im Mund auf der Bank, sah alle ungemein liebevoll an und spuckte in einem fort auf die Seite.

Nach dem Mittagessen war der Philosoph in der denkbar besten Laune. Er machte einen Rundgang durch das ganze Dorf und wurde fast mit allen Leuten bekannt; aus zwei Häusern mußte man ihn sogar hinauswerfen; eine hübsche junge Frau versetzte ihm einen ordentlichen Schlag mit einem Spaten auf den Rücken, als er sich durch Betasten überzeugen wollte, aus welchem Stoff ihr Hemd und ihr Rock waren. Je mehr aber die Zeit vorrückte, um so nachdenklicher wurde der Philosoph. Eine Stunde vor dem Abendbrot versammelte sich das ganze Hausgesinde, um »Grütze«, oder »Kragli«, eine Art Kegelspiel, zu spielen, bei dem statt Kugeln lange Stangen verwendet werden und der Gewinnende das Recht hat, auf dem andern einen Ritt zu machen. Es war sehr interessant, diesem Spiel zuzuschauen: einmal ritt der Viehtreiber, der so rund wie ein Pfannkuchen war, auf dem Schweinehirten, einem kleinen schwächlichen Menschen, der ganz aus Runzeln bestand. Ein andermal mußte der Viehtreiber seinen Rücken beugen, und Dorosch sprang hinauf, wobei er jedesmal sagte: »Welch ein kräftiger Stier!« An der Küchenschwelle saßen die solideren Leute. Sie rauchten ihre Pfeifen und blickten sehr ernst drein, selbst wenn die Jugend sich über ein gelungenes Scherzwort des Viehtreibers oder Spirids vor Lachen kugelte. Choma machte vergebliche Versuche, an diesem Spiel teilzunehmen: ein finsterer Gedanke saß ihm wie ein Nagel im Kopfe. Während

новенная филантропия. Он, лежа с своей трубкой в зубах, глядел на всех необыкновенно сладкими глазами и беспрерывно поплевывал в сторону.

После обеда философ был совершенно в духе. Он успел обходить все селение, перезнакомиться почти со всеми; из двух хат его даже выгнали; одна смазливая молодка хватила его порядочно лопатой по спине, когда он вздумал было пощупать и полюбопытствовать, из какой материи у нее была сорочка и плахта. Но чем более время близилось к вечеру, тем задумчивее становился философ. За час до ужина вся почти дворня собиралась играть в кашу или в крагли - род кеглей, где вместо шаров употребляются длинные палки, и выигравший имел право проезжаться на другом верхом. Эта игра становилась очень интересною для зрителей: часто погонщик, широкий, как блин, влезал верхом на свиного пастуха, тщедушного, низенького, всего состоявшего из морщин. В другой раз погонщик подставлял свою спину, и Дорош, вскочивши на нее, всегда говорил: "Экой здоровый бык!" У порога кухни сидели те, которые были посолиднее. Они глядели чрезвычайно сурьезно, куря люльки, даже и тогда, когда молодежь от души смеялась какому-нибудь острому слову погонщика или Спирида. Хома напрасно старался вмешаться в эту игру: какая-то темная мысль, как гвоздь, сидела в его голове. За вечерей сколько ни старался он развеселить себя, но страх загорался в нем вместе с тьмою, распростиравшеюся по небу.

des Abendbrots versuchte er immer wieder, sich aufzuheitern, aber seine Angst wurde immer größer, je mehr sich die Dunkelheit über den Himmel ausbreitete.

»Nun ist's Zeit, Herr Bursak« sagte ihm der bekannte alte Kosak und erhob sich zugleich mit Dorosch: »Wollen wir an die Arbeit gehen!«

Choma wurde auf dieselbe Art wie gestern in die Kirche geleitet; man ließ ihn wieder allein und verschloß hinter ihm die Tür. Sobald er allein geblieben war, fühlte er wieder steigende Angst. Er sah wieder die dunklen Heiligenbilder, die glänzenden Rahmen und den ihm wohlbekannten schwarzen Sarg, der in der drohenden Stille unbeweglich mitten in der Kirche stand.

»Nun«, sagte er: »dieses Wunder ist jetzt für mich kein Wunder mehr. Es kam mir nur das erstemal so schrecklich vor. Ja, gewiß, nur das erste Mal. Aber jetzt ist es nicht so schrecklich mehr, nein, gar nicht schrecklich.«

Er begab sich schnell in den Chor, umschrieb um sich den Kreis, sprach einige Beschwörungen und begann mit lauter Stimme zu lesen; er hatte den Vorsatz, den Blick nicht mehr vom Buche zu wenden und auf nichts zu achten, was da auch kommen solle. So las er etwa eine Stunde und begann schon Müdigkeit zu spüren und zu hüsteln; er holte aus der Tasche seine Schnupftabaksdose hervor und wollte eine Prise nehmen, richtete aber zuvor einen scheuen Blick auf den Sarg. Es wurde ihm kalt ums Herz. Die Leiche stand bereits dicht vor seinem Kreise und bohrte in ihn ihre toten grünen Augen. Der Bursak fuhr zusammen vor der Eiseskälte, die alle seine Adern durchrieselte.

- А ну, пора нам, пан бурсак! - сказал ему знакомый седой козак, подымаясь с места вместе с Дорошем. - Пойдем на работу.

Хому опять таким же самым образом отвели в церковь; опять оставили его одного и заперли за ним дверь. Как только он остался один, робость начала внедряться снова в его грудь. Он опять увидел темные образа, блестящие рамы и знакомый черный гроб, стоявший в угрожающей тишине и неподвижности среди церкви.

- Что же, - произнес он, - теперь ведь мне не в диковинку это диво. Оно с первого разу только страшно. Да! оно только с первого разу немного страшно, а там оно уже не страшно; оно уже совсем не страшно.

Он поспешно стал на крылос, очертил около себя круг, произнес несколько заклинаний и начал читать громко, решаясь не подымать с книги своих глаз и не обращать внимания ни на что. Уже около часу читал он и начинал несколько уставать и покашливать. Он вынул из кармена рожок и, прежде нежели поднес табак к носу, робко повел глазами на гроб. Сердце его захолонуло.

Труп уже стоял перед ним на самой черте и вперил на него мертвые, позеленевшие глаза. Бурсак содрогнулся, и холод чувствительно пробежал по всем его жилам.

Er senkte den Blick in das Buch und begann, seine Gebete und Beschwörungen noch lauter aufzusagen; dabei hörte er, wie die Tote wieder mit den Zähnen klapperte und wie sie die Arme schwang, um ihn zu erfassen. Er schielte mit einem Auge hin und sah, daß sie gar nicht dahin zielte, wo er stand, daß sie ihn offenbar gar nicht sah. Sie begann mit dumpfer Stimme zu murmeln und mit ihren toten Lippen schreckliche Worte zu sprechen; ihre Stimme klang wie das Zischen kochenden Peches. Er hätte gar nicht sagen können, was sie eigentlich sprach, er fühlte aber, daß in ihren Worten etwas Schreckliches war. Ganz entsetzt merkte der Philosoph, daß auch sie Beschwörungen murmelte.

Vor ihren Worten erhob sich in der Kirche ein Wind und ein Rauschen wie von unzähligen Flügeln. Er hörte, wie die Flügel gegen die Fensterscheiben und die Eisengitter schlugen, wie zahllose Krallen knirschend an dem Eisen kratzten und wie ein riesiges Geisterheer gegen die Tür anrannte, um sie aufzubrechen. Sein Herz schlug fortwährend wie wild; mit geschlossenen Augen las er seine Beschwörungen und Gebete. Endlich pfiff etwas in der Ferne; es war ein ferner Hahnenschrei. Der ermattete Philosoph hielt inne und holte Atem. Die Leute, die ihn ablösen kamen, fanden ihn halbtot vor; er stand unbeweglich an eine Wand gelehnt und starrte mit weitgeöffneten Augen die Kosaken an. Man führte ihn fast mit Gewalt hinaus und mußte ihn unterwegs stützen. Nachdem er im Herrenhof angelangt war, schüttelte er sich und ließ sich ein Quart Schnaps geben. Er trank den Schnaps aus, strich sich über das Haar und sagte: »Es gibt viel üble Sachen auf der Welt. Auch erlebt man zuweilen solche Schrecken, daß ...« Bei diesen Worten winkte er abwehrend mit der Hand.

Потупив очи в книгу, стал он читать громче свои молитвы и заклятья и слышал, как труп опять ударил зубами и замахал руками, желая схватить его. Но, покосивши слегка одним глазом, увидел он, что труп не там ловил его, где стоял он, и, как видно, не мог видеть его. Глухо стала ворчать она и начала выговаривать мертвыми устами страшные слова; хрипло всхлипывали они, как клокотанье кипящей смолы. Что значили они, того не мог бы сказать он, но что-то страшное в них заключалось. Философ в страхе понял, что она творила заклинания.

Ветер пошел по церкви от слов, и послышался шум, как бы от множества летящих крыл. Он слышал, как бились крыльями в стекла церковных окон и в железные рамы, как царапали с визгом когтями по железу и как несметная сила громила в двери и хотела вломиться. Сильно у него билось во все время сердце; зажмурив глаза, всё читал он заклятья и молитвы. Наконец вдруг что-то засвистало вдали: это был отдаленный крик петуха. Изнуренный философ остановился и отдохнул духом.

Вошедшие сменить философа нашли его едва жива. Он оперся спиною в стену и, выпучив глаза, глядел неподвижно на толкавших его козаков. Его почти вывели и должны были поддерживать во всю дорогу. Пришедши на панский двор, он встряхнулся и велел себе подать кварту горелки. Выпивши ее, он пригладил на голове своей волосы и сказал:

Die Leute, die sich um ihn versammelt hatten, ließen die Köpfe hängen, als sie diese Worte vernahmen. Selbst der kleine Junge, den das ganze Hausgesinde als einen Bevollmächtigten verwenden zu dürfen glaubte, wenn es den Pferdestall zu putzen oder Wasser zu schleppen galt, selbst dieser arme Junge stand mit offenem Munde da.

In diesem Augenblick ging eine noch ziemlich junge Frau vorüber, deren enganliegendes Kleid ihre runden und kräftigen Formen sehen ließ; es war die Gehilfin der alten Köchin, ein furchtbar kokettes Weib, das immer irgendeine Verzierung am Kopftuche trug: entweder ein Endchen Band, oder eine Nelke, oder sogar ein Stück Papier, wenn sie nichts anderes zur Hand hatte.

»Guten Tag, Choma!« sagte sie, als sie den Philosophen erblickte.

»Ach, was ist denn mit dir los?« schrie sie auf und schlug die Hände zusammen.

»Was soll mit mir los sein, du dummes Frauenzimmer?«

»Mein Gott, du bist ja ganz grau geworden!«

»Ach ja! Sie hat recht!« sagte Spirid und sah den Philosophen genauer an. »Du bist wirklich so grau geworden wie unser alter Jawtuch!«

- Много на свете всякой дряни водится! А страхи такие случаются - ну... - При этом философ махнул рукою.

Собравшийся возле него кружок потупил голову, услышав такие слова. Даже небольшой мальчишка, которого вся дворня почитала вправе уполномочивать вместо себя, когда дело шло к тому, чтобы чистить конюшню или таскать воду, даже этот бедный мальчишка тоже разинул рот.

В это время проходила мимо еще не совсем пожилая бабенка в плотно обтянутой запаске, выказывавшей ее круглый и крепкий стан, помощница старой кухарки, кокетка страшная, которая всегда находила что-нибудь пришпилить к своему очипку: или кусок ленточки, или гвоздику, или даже бумажку, если не было чего-нибудь другого.

- Здравствуй, Хома! - сказала она, увидев философа. - Ай-ай-ай! что это с тобою? - вскричала она, всплеснув руками.

- Как что, глупая баба?

- Ах, боже мой! Да ты весь поседел!

- Эге-ге! Да она правду говорит! - произнес Спирид, всматриваясь в него пристально. - Ты точно поседел, как наш старый Явтух.

Als der Philosoph dies hörte, rannte er sofort in die Küche, wo er ein an der Wand befestigtes, von Fliegen beschmiertes dreieckiges Stück Spiegel gesehen hatte, das mit Vergißmeinnicht, Nelken und sogar einem Kranz von Ringelblumen umsteckt war, was darauf hinwies, daß es der Koketten bei der Toilette diente. Mit Schrecken gewahrte Choma, daß sie die Wahrheit gesprochen hatte: die Hälfte seiner Haare war wirklich weiß geworden.

Choma Brut ließ den Kopf hängen und wurde nachdenklich. »Ich will zum Herrn gehen«, sagte er sich schließlich, »ich will ihm alles erzählen und erklären, daß ich nicht mehr lesen will. Soll er mich sofort nach Kijew zurückschicken.«

Mit diesen Worten begab er sich in das Herrenhaus.

Der Hauptmann saß fast regungslos in seinem Zimmer. Dieselbe hoffnungslose Trauer, die Choma schon bei der ersten Begegnung an ihm wahrgenommen hatte, lag noch immer auf seinen Zügen. Seine Wangen waren noch mehr eingefallen. Es war ihm anzusehen, daß er fast keine Nahrung zu sich nahm und vielleicht überhaupt keine Speise anrührte. Die ungewöhnliche Blässe verlieh ihm eine gewisse steinerne Unbeweglichkeit.

»Guten Tag, du Armer!« sagte er, als er Choma mit der Mütze in der Hand in der Tür stehen sah. »Nun, wie steht's? Ist alles in Ordnung?«

Философ, услышавши это, побежал опрометью в кухню, где он заметил прилепленный к стене, обпачканный мухами треугольный кусок зеркала, перед которым были натыканы незабудки, барвинки и даже гирлянда из нагидок, показывавшие назначение его для туалета щеголеватой кокетки. Он с ужасом увидел истину их слов: половина волос его, точно, побелела.

Повесил голову Хома Брут и предался размышлению.

- Пойду к пану, - сказал он наконец, - расскажу ему все и объясню, что больше не хочу читать. Пусть отправляет меня сей же час в Киев.

В таких мыслях направил он путь свой к крыльцу панского дома.

Сотник сидел почти неподвижен в своей светлице; та же самая безнадежная печаль, какую он встретил прежде на его лице, сохранялась в нем и доныне. Щеки его опали только гораздо более прежнего. Заметно было, что он очень мало употреблял пищи или, может быть, даже вовсе не касался ее. Необыкновенная бледность придавала ему какую-то каменную неподвижность.

- Здравствуй, небоже, - произнес он, увидев Хому, остановившегося с шапкою в руках у дверей. - Что, как идет у тебя? Все благополучно?

»Es ist wohl alles in bester Ordnung, aber da ist solch ein Teufelsspuk, daß man am liebsten seine Mütze nehmen und davonlaufen möchte.«

»Wieso?«

»Denn Eure Tochter, Herr... Der gesunde Menschenverstand sagt zwar, daß sie von herrschaftlichem Geblüt ist, und das wird kein Mensch leugnen wollen; aber Ihr dürft es mir nicht übel nehmen, – der Herr gebe ihrer Seele die ewige Ruhe...«

»Was ist denn mit meiner Tochter?«

»Sie ist mit dem Satan im Bunde. Einen solchen Schrecken jagt sie einem ein, daß man nicht einmal das Wort des Herrn lesen kann.«

»Lies nur weiter, lies! Nicht umsonst hat sie wohl dich kommen lassen: mein Täubchen war um ihr Seelenheil besorgt und wollte alle bösen Anfechtungen durch Gebete fernhalten.«

»Ihr habt zu befehlen, gnädiger Herr, aber es geht über meine Kräfte, bei Gott!«

»Lies nur weiter, lies!« fuhr der Hauptmann im gleichen überredenden Tone fort. »Nur noch eine einzige Nacht ist dir übrig geblieben; du tust damit ein christliches Werk, und ich werde dich belohnen.«

»Was für einen Lohn Ihr mir auch gebt ... Tu, was du willst, Herr, ich werde aber nicht mehr lesen!« sagte Choma entschlossen.

- Благополучно-то благополучно. Такая чертовщина водится, что прямо бери шапку, да и улепетывай, куда ноги несут.

- Как так?

- Да ваша, пан, дочка... По здравому рассуждению, она, конечно, есть панского роду; в том никто не станет прекословить, только не во гнев будь сказано, успокой бог ее душу...

- Что же дочка?

- Припустила к себе сатану. Такие страхи задает, что никакое Писание не учитывается.

- Читай, читай! Она недаром призвала тебя. Она заботилась, голубонька моя, о душе своей и хотела молитвами изгнать всякое дурное помышление.

- Власть ваша, пан: ей-богу, невмоготу!

- Читай, читай! - продолжал тем же увещательным голосом сотник. - Тебе одна ночь теперь осталась. Ты сделаешь христианское дело, и я награжу тебя.

- Да какие бы ни были награды... Как ты себе хочь, пан, а я не буду читать! - произнес Хома решительно.

»Hör einmal, Philosoph!« sagte der Hauptmann laut und drohend: »Ich liebe solche Einfälle nicht. Das darfst du dort in deiner Bursa treiben, bei mir im Hause geht es nicht: ich werde dich ganz anders durchbleuen lassen als dein Rektor. Weißt du, was ein guter lederner Kantschu ist?«

»Wie sollte ich das nicht wissen!« sagte der Philosoph mit gedämpfter Stimme. »Ein jeder weiß, was ein Kantschu ist; wenn man ihn in großer Portion zu kosten bekommt, so ist es ganz unerträglich.«

»Das stimmt. Du weißt aber noch nicht, wie meine Burschen zu prügeln verstehen!« sagte der Hauptmann drohend. Er erhob sich von seinem Platz, und sein Gesicht nahm plötzlich einen gebieterischen und bösen Ausdruck an, in dem sich sein ganzes zügelloses Wesen äußerte, das nur vorübergehend von der Trauer gedämpft gewesen war. »Bei mir ist es üblich, zuerst durchzuprügeln, dann Branntwein darauf zu gießen und dann wieder zu prügeln. Geh nur, geh an deine Arbeit! Vollendest du dein Werk nicht, so stehst du nicht wieder auf; tust du es aber, so bekommst du tausend Dukaten!«

– Der scheint aber ein Kerl zu sein –, sagte sich der Philosoph, als er das Zimmer verließ, – mit dem es nicht zu spaßen ist. Paß mal auf, Freund: ich werde so flink durchbrennen, daß du mich mit allen deinen Hunden nicht mehr einholen wirst. –

Und Choma nahm sich vor, unter allen Umständen durchzubrennen. Er wartete nur auf die Nachmittagsstunde, wo das ganze Gesinde sich in das Heu in den Scheunen zu verkriechen und mit offenem Munde so laut zu schnarchen und

- Слушай, философ! - сказал сотник, и голос его сделался крепок и грозен, - я не люблю этих выдумок. Ты можешь это делать в вашей бурсе. А у меня не так: я уже как отдеру, так не то что ректор. Знаешь ли ты, что такое хорошие кожаные канчуки?

- Как не знать! - сказал философ, понизив голос. - Всякому известно, что такое кожаные канчуки: при большом количестве вещь нестерпимая.

- Да. Только ты не знаешь еще, как хлопцы мои умеют парить! - сказал сотник грозно, подымаясь на ноги, и лицо его приняло повелительное и свирепое выражение, обнаружившее весь необузданный его характер, усыпленный только на время горестью. - У меня прежде выпарят, потом вспрыснут горелкою, а после опять. Ступай, ступай! исправляй свое дело! Не исправишь - не встанешь; а исправишь - тысяча червонных!

"Ого-го! да это хват! - подумал философ, выходя. - С этим нечего шутить. Стой, стой, приятель: я так навострю лыжи, что ты с своими собаками не угонишься за мною".

И Хома положил непременно бежать. Он выжидал только послеобеденного часу, когда вся дворня имела обыкновение забираться в сено под сараями и, открывши рот, испускать такой храп и свист, что панское подворье делалось похожим на фабрику.

zu pfeifen pflegte, daß der herrschaftliche Hof in eine Fabrik verwandelt zu sein schien.

Diese Stunde brach endlich an. Selbst der alte Jawtuch streckte sich mit geschlossenen Augen in der Sonne aus. Der Philosoph begab sich, vor Angst zitternd, ganz leise in den Garten, von wo aus er – so glaubte er – bequem und unbemerkt ins freie Feld gelangen könne. Dieser Garten war, wie es überall der Fall ist, furchtbar verwildert und folglich jedem heimlichen Unternehmen ganz besonders günstig. Mit Ausnahme eines einzigen zu wirtschaftlichen Zwecken ausgetretenen Fußpfades war alles übrige von den üppig wachsenden Kirschbäumen, Holunderstauden und Kletten, die ihre hohen Stengel mit den sich fest um alle Zweige klammernden Ranken und den rosa Spitzen emporreckten, überwuchert. Der Hopfen überspannte wie mit einem Netz die Spitzen dieser ganzen bunten Ansammlung von Bäumen und Sträuchern und bildete über ihnen ein Dach, das bis zum Zaune hinabreichte und in Schlangenwindungen, mit wilden Glockenblumen vermengt, zur Erde hinabfiel. Jenseits des Zaunes, der die Grenze des Gartens bildete, begann ein dichter Wald von Steppengras, in den offenbar noch kein Menschenauge hineingeschaut hatte; jede Sense wäre in tausend Stücke zersprungen, wenn sie mit ihrer Schneide diese dicken verholzten Stengel auch nur angerührt hätte. Als der Philosoph über den Zaun steigen wollte, klapperten ihm die Zähne, und das Herz schlug ihm so heftig, daß er selbst erschrak. Die Schöße seines langen Gewandes schienen an der Erde zu kleben, als ob sie jemand mit Nägeln an den Boden befestigt hätte. Während er über den Zaun stieg, glaubte er einen gellenden Pfiff und eine schallende Stimme zu hören, die ihm zurief: »Wohin, wohin?«

Это время наконец настало. Даже и Явтух зажмурил глаза, растянувшись перед солнцем. Философ со страхом и дрожью отправился потихоньку в панский сад, откуда, ему казалось, удобнее и незаметнее было бежать в поле. Этот сад, по обыкновению, был страшно запущен и, стало быть, чрезвычайно способствовал всякому тайному предприятию. Выключая только одной дорожки, протоптанной по хозяйственной надобности, все прочее было скрыто густо разросшимися вишнями, бузиною, лопухом, просунувшим на самый верх свои высокие стебли с цепкими розовыми шишками. Хмель покрывал, как будто сетью, вершину всего этого пестрого собрания дерев и кустарников и составлял над ними крышу, напялившуюся на плетень и спадавшую с него вьющимися змеями вместе с дикими полевыми колокольчиками. За плетнем, служившим границею сада, шел целый лес бурьяна, в который, казалось, никто не любопытствовал заглядывать, и коса разлетелась бы вдребезги, если бы захотела коснуться лезвием своим одеревеневших толстых стеблей его.

Когда философ хотел перешагнуть плетень, зубы его стучали и сердце так сильно билось, что он сам испугался. Пола его длинной хламиды, казалось, прилипала к земле, как будто ее кто приколотил гвоздем. Когда он переступал плетень, ему казалось, с оглушительным свистом трещал в уши какой-то голос: "Куда, куда?"

Der Philosoph tauchte in das Steppengras unter und begann zu rennen, wobei er jeden Augenblick über alte Wurzeln stolperte und Maulwürfe zertrat. Er sah, daß er, nachdem er aus dem Steppengras herausgekommen sein würde, nur noch ein Feld zu passieren hätte; hinter dem Felde zog sich aber dichtes dunkles Dorngebüsch hin, in dem er außerhalb jeder Gefahr sein würde; er hoffte, dort einen direkten Weg nach Kijew zu finden. Er durchquerte das Feld mit wenigen Sätzen und geriet in das dichte Dorngestrüpp. Er kroch durch das Gestrüpp, wo er an jedem spitzen Dorn ein Stück seines Rockes als Wegezoll zurückließ, und gelangte zu einem kleinen Hohlwege. Hier standen Weiden, die mit ihren Zweigen hier und da die Erde berührten; eine kleine durchsichtige Quelle glänzte wie Silber. Der Philosoph legte sich sofort nieder und löschte seinen unerträglichen Durst. »Ein gutes Wasser!« sagte er, indem er sich die Lippen abwischte. »Hier könnte ich auch ein wenig ausruhen.«

»Nein, wollen wir doch lieber weiterlaufen: vielleicht ist man uns schon auf der Spur!«

Diese Worte klangen dicht vor seinen Ohren. Er blickte sich um – vor ihm stand Jawtuch.

–Der verdammte Jawtuch–, sagte sich der Philosoph in seiner Wut. – Ich würde ihn bei den Beinen packen und ... seine abscheuliche Fratze und alles, was er sonst noch an sich hat, mit einem eichenen Klotz zerschmettern. –

»Warum hast du nur diesen Umweg gemacht?« fuhr Jawtuch fort. »Hättest du doch lieber den Weg gewählt, den ich gegangen bin: direkt am Pferdestalle vorbei.

Философ юркнул в бурьян и пустился бежать, беспрестанно оступаясь о старые корни и давя ногами своими кротов. Он видел, что ему, выбравшись из бурьяна, стоило перебежать поле, за которым чернел густой терновник, где он считал себя безопасным и пройдя который он, по предположению своему, думал встретить дорогу прямо в Киев. Поле он перебежал вдруг и очутился в густом терновнике. Сквозь терновник он пролез, оставив, вместо пошлины, куски своего сюртука на каждом остром шипе, и очутился на небольшой лощине. Верба разделившимися ветвями преклонялась инде почти до самой земли. Небольшой источник сверкал, чистый, как серебро. Первое дело философа было прилечь и напиться, потому что он чувствовал жажду нестерпимую.

- Добрая вода! - сказал он, утирая губы. - Тут бы можно отдохнуть.

- Нет, лучше побежим вперед: неравно будет погоня!

Эти слова раздались у него над ушами. Он оглянулся: перед ним стоял Явтух.

"Чертов Явтух! - подумал в сердцах про себя философ. - Я бы взял тебя, да за ноги... И мерзкую рожу твою, и все, что ни есть на тебе, побил бы дубовым бревном".

- Напрасно дал ты такой крюк, - продолжал Явтух, - гораздо лучше выбрать ту дорогу, по какой шел я:

Auch ist es um deinen Rock schade, denn das Tuch ist gut. Was hat die Elle gekostet? Wir sind aber genug spazierengegangen, jetzt ist's Zeit, nach Hause zu gehen.«

Der Philosoph kratzte sich hinter dem Ohr und ging mit Jawtuch zurück. – Jetzt wird mir die verdammte Hexe ordentlich einheizen! – dachte er sich. – Was fällt mir übrigens ein? Was habe ich zu fürchten? Bin ich denn kein Kosak? Ich habe ja schon zwei Nächte gelesen, und werde mit Gottes Hilfe auch die dritte lesen. Die verdammte Hexe hat sicherlich viel auf dem Kerbholz, daß die bösen Mächte für sie so eintreten. –

Mit solcherlei Gedanken beschäftigt, kam er in den Herrenhof. Nachdem er sich auf diese Weise Mut gemacht hatte, bewog er Dorosch, der durch die Protektion des Kellermeisters zuweilen Zutritt zu den herrschaftlichen Kellereien hatte, ihm eine Flasche Schnaps zu bringen. Die beiden Freunde ließen sich am Speicher nieder und soffen fast einen halben Eimer aus, so daß der Philosoph sich plötzlich erhob und rief: »Spielleute her! Ich muß unbedingt Spielleute haben!« Ohne das Erscheinen der Spielleute abzuwarten, begann er auf dem freien Platz mitten auf dem Hofe den Trepak zu tanzen. Er tanzte so lange, bis die Stunde des Vesperbrots kam und das Gesinde, das, wie es in solchen Fällen üblich ist, einen Kreis um ihn gebildet hatte, schließlich ausspuckte und sich mit den Worten: »Wie kann nur ein Mensch so lange tanzen!« zurückzog. Endlich legte sich der Philosoph hin und schlief auf der Stelle ein; es gelang nur mit Hilfe eines Kübels kalten Wassers, ihn zum Abendbrot zu wecken. Beim Abendbrot redete er davon, was ein richtiger Kosak sei und daß er nichts in der Welt fürchten dürfe.

прямо мимо конюшни. Да притом и сюртука жаль. А сукно хорошее. Почем платил за аршин? Однако ж погуляли довольно, пора домой.

Философ, почесываясь, побрел за Явтухом. "Теперь проклятая ведьма задаст мне пфейферу, - подумал он. - Да, впрочем, что я, в самом деле? Чего боюсь? Разве я не козак? Ведь читал же две ночи, поможет бог и третью. Видно, проклятая ведьма порядочно грехов наделала, что нечистая сила так за нее стоит".

Такие размышления занимали его, когда он вступал, на панский двор. Ободривши себя такими замечаниями, он упросил Дороша, который посредством протекции ключника имел иногда вход в панские погреба, вытащить сулею сивухи, и оба приятеля, севши под сараем, вытянули немного не полведра, так что философ, вдруг поднявшись на ноги, закричал: "Музыкантов! непременно музыкантов!" - и, не дождавшись музыкантов, пустился среди двора на расчищенном месте отплясывать тропака. Он танцевал до тех пор, пока не наступило время полдника, и дворня, обступившая его, как водится в таких случаях, в кружок, наконец плюнула и пошла прочь, сказавши: "Вот это как долго танцует человек!" Наконец философ тут же лег спать, и добрый ушат холодной воды мог только пробудить его к ужину. За ужином он говорил о том, что такое козак и что он не должен бояться ничего на свете.

»Es ist Zeit«, sagte Jawtuch, »wir wollen gehen.«

– Ich möchte dir am liebsten einen Holzspan in die Zunge stecken, verfluchtes Schwein! – dachte der Philosoph, dann erhob er sich und sagte: »Gehen wir!«

Der Philosoph blickte unterwegs fortwährend nach allen Seiten und versuchte, seine Begleiter in ein Gespräch zu ziehen. Aber Jawtuch schwieg, und auch Dorosch war wenig gesprächig. Es war eine höllische Nacht. In der Ferne heulten ganze Scharen von Wölfen, und selbst das Hundegebell klang unheimlich.

»Es klingt, als ob da noch wer anderer heulte: das sind keine Wölfe«, sagte Dorosch. Jawtuch schwieg. Der Philosoph wußte nicht, etwas darauf zu sagen. Sie näherten sich der Kirche und traten unter ihr baufälliges Holzdach, welches zeigte, wie wenig sich der Gutsherr um Gott und um sein Seelenheil kümmerte. Jawtuch und Dorosch zogen sich wie an den vorhergehenden Abenden zurück, und der Philosoph blieb allein.

Alles sah noch wie gestern aus, alles hatte das ihm wohlbekannte drohende Aussehen bewahrt. Er blieb einen Augenblick stehen. Mitten in der Kirche stand unbeweglich der Sarg der furchtbaren Hexe. »Ich werde keine Furcht haben, bei Gott!« sagte er. Er beschrieb um sich wieder einen Kreis und begann sich auf alle seine Beschwörungen zu besinnen. Es herrschte eine grauenvolle Stille; die Kerzenflammen zitterten und übergossen die ganze Kirche mit ihrem Licht. Der Philosoph schlug ein Blatt um, dann ein zweites und ein drittes; da merkte er aber, daß er etwas ganz anderes las, als im Buche stand. Er bekreuzigte sich ganz

- Пора, - сказал Явтух, - пойдем.

"Спичка тебе в язык, проклятый кнур!" - подумал философ и, встав на ноги, сказал:

- Пойдем.

Идя дорогою, философ беспрестанно поглядывал по сторонам и слегка заговаривал с своими провожатыми. Но Явтух молчал; сам Дорош был неразговорчив. Ночь была адская. Волки выли вдали целою стаей. И самый лай собачий был как-то страшен.

- Кажется, как будто что-то другое воет: это не волк, - сказал Дорош.

Явтух молчал. Философ не нашелся сказать ничего.

Они приблизились к церкви и вступили под ее ветхие деревянные своды, показавшие, как мало заботился владетель поместья о боге и о душе своей. Явтух и Дорош по-прежнему удалились, и философ остался один. Все было так же. Все было в том же самом грозно-знакомом виде. Он на минуту остановился. Посредине все так же неподвижно стоял гроб ужасной ведьмы. "Не побоюсь, ей-богу, не побоюсь!" - сказал он и, очертивши по-прежнему около себя круг, начал припоминать все свои заклинания. Тишина была страшная; свечи трепетали и обливали светом всю церковь. Философ перевернул один лист, потом перевернул другой и заметил, что он читает совсем не то, что писано в книге. Со страхом перекрестился он и начал

entsetzt und begann zu singen. Das machte ihm neuen Mut; nun konnte er wieder lesen, und die Seiten flogen schnell aufeinander.

Und plötzlich... in der lautlosen Stille... zerbarst der eiserne Sargdeckel, und die Tote richtete sich auf. Sie sah noch schrecklicher aus als das erste Mal. Ihre Zähne klapperten, ihre Lippen zuckten wie in einem Krämpfe, und wilde Beschwörungen hallten winselnd durch den Raum. In der Kirche erhob sich ein Sturmwind, die Heiligenbilder fielen zu Boden, die Fensterscheiben zersprangen und fielen herab. Die Tür riß sich von den Angeln los, und ein unzähliges Heer von Ungeheuern flog in das Gotteshaus hinein. Das schreckliche Rauschen der Flügel und das Kratzen der Krallen erfüllte die ganze Kirche. Alles flatterte und flog durcheinander und suchte nach dem Philosophen.

Der letzte Rest des Rausches verflüchtigte sich aus seinem Kopfe. Er bekreuzigte sich in einem fort und las ein Gebet nach dem anderen herunter. Zugleich hörte er, wie die bösen Geister um ihn herumflogen und ihn beinahe mit den Enden ihrer Flügel und ihrer gräßlichen Schwänze berührten. Er hatte nicht den Mut, genauer hinzusehen; er sah nur ein riesiges Ungeheuer, das eine ganze Wand einnahm und vom dichten Gestrüpp seiner wirren Haare fast gänzlich verdeckt war; aus dem Dickicht der Haare blickten unter den hochgezogenen Brauen zwei grauenhafte Augen hervor. Über Choma schwebte in der Luft ein riesenhaftes blasenartiges Gebilde, aus dessen Mitte sich tausende von Scheren und Skorpionsstacheln, an denen Klumpen schwarzer Erde hingen, hervorstreckten. Alle spähten nach ihm aus, alle suchten ihn, konnten ihn aber in seinem Kreise nicht sehen. »Bringt den Wij her! Geht den Wij holen!« sagte die Tote.

петь. Это несколько ободрило его: чтение пошло вперед, и листы мелькали один за другим. Вдруг... среди тишины... с треском лопнула железная крышка гроба и поднялся мертвец. Еще страшнее был он, чем в первый раз. Зубы его страшно ударялись ряд о ряд, в судорогах задергались его губы, и, дико взвизгивая, понеслись заклинания. Вихорь поднялся по церкви, попадали на землю иконы, полетели сверху вниз разбитые стекла окошек. Двери сорвались с петлей, и несметная сила чудовищ влетела в божью церковь. Страшный шум от крыл и от царапанья когтей наполнил всю церковь. Все летало и носилось, ища повсюду философа.

У Хомы вышел из головы последний остаток хмеля. Он только крестился да читал как попало молитвы. И в то же время слышал, как нечистая сила металась вокруг его, чуть не зацепляя его концами крыл и отвратительных хвостов. Не имел духу разглядеть он их; видел только, как во всю стену стояло какое-то огромное чудовище в своих перепутанных волосах, как в лесу; сквозь сеть волос глядели страшно два глаза, подняв немного вверх брови. Над ним держалось в воздухе что-то в виде огромного пузыря, с тысячью протянутых из середины клещей и скорпионьих жал. Черная земля висела на них клоками. Все глядели на него, искали и не могли увидеть его, окруженного таинственным кругом.

- Приведите Вия! ступайте за Вием!- раздались слова мертвеца.

Und plötzlich wurde es in der Kirche ganz still; man hörte fernes Wolfsgeheul, und bald erdröhnten in der Kirche schwere Schritte. Der Philosoph schielte nach der Tür und sah, wie ein untersetzter, kräftiger, plumper Mann hereingeführt wurde. Er war ganz mit Erde bedeckt. Seine Arme und Beine, an denen Klumpen schwarzer Erde hingen, gemahnten an zähe, kräftige Baumwurzeln. Er kam mit schweren Schritten, beständig stolpernd, näher. Die langen Augenlider reichten bis zur Erde herab. Voller Entsetzen merkte Choma, daß sein Gesicht aus Eisen war. Man führte das Ungeheuer an den Armen herbei und stellte es Choma gegenüber.

»Hebt mir die Lider, ich sehe nicht!« sagte der Wij mit unterirdischer Stimme, – und das ganze Geisterheer stürzte zu ihm, um ihm die Lider zu heben.

Eine innere Stimme raunte dem Philosophen zu: Schau nicht hin! Er hielt es aber nicht aus und sah hin.

»Da ist er!« schrie der Wij und zeigte mit seinem eisernen Finger auf ihn. Und alle Geister fielen über den Philosophen her. Er stürzte entseelt zu Boden: die Seele hatte vor Angst seinen Körper im Nu verlassen.

Da ertönte ein Hahnenschrei. Es war schon der zweite Schrei: den ersten hatten die Gnomen überhört. Die erschreckten Geister stürzten nach allen Seiten, zu den Fenstern und Türen, um so schnell wie möglich ins Freie zu kommen. Das gelang ihnen aber nicht: sie blieben in den Türen und Fenstern hängen.

И вдруг настала тишина в церкви; послышалось вдали волчье завыванье, и скоро раздались тяжелые шаги, звучавшие по церкви; взглянув искоса, увидел он, что ведут какого-то приземистого, дюжего, косолапого человека. Весь был он в черной земле. Как жилистые, крепкие корни, выдавались его засыпанные землею ноги и руки. Тяжело ступал он, поминутно оступаясь. Длинные веки опущены были до самой земли. С ужасом заметил Хома, что лицо было на нем железное. Его привели под руки и прямо поставили к тому месту, где стоял Хома.

- Подымите мне веки: не вижу! - сказал подземным голосом Вий - и все сонмище кинулось подымать ему веки.

"Не гляди!" - шепнул какой-то внутренний голос философу. Не вытерпел он и глянул.

- Вот он! - закричал Вий и уставил на него железный палец. И все, сколько ни было, кинулись на философа. Бездыханный грянулся он на землю, и тут же вылетел дух из него от страха.

Раздался петуший крик. Это был уже второй крик; первый прослышали гномы. Испуганные духи бросились, кто как попало, в окна и двери, чтобы поскорее вылететь, но не тут-то было: так и остались они там, завязнувши в дверях и окнах.

Als der Priester die Kirche betrat, blieb er beim Anblick dieser Entweihung des Gotteshauses in der Tür stehen und wagte es nicht, an einer solchen Stätte die Totenmesse zu lesen. So blieb die Kirche mit den in den Türen und Fenstern hängengebliebenen Ungeheuern in alle Ewigkeit verlassen und vergessen; sie wurde bald von Wald, Wurzeln, Unkraut und Dornengebüsch überwuchert, und niemand wird je den Weg zu ihr finden.

Als das Gerücht von diesem Ereignis Kijew erreichte und der Theologe Chaljawa endlich etwas vom Schicksal des Philosophen Choma erfuhr, wurde er für eine ganze Stunde nachdenklich. Es waren mit ihm indessen große Veränderungen vorgegangen. Das Glück hatte ihm zugelächelt: nach Beendigung der Studien bekam er den Posten des Glöckners am höchsten Glockenturm der Stadt. Er ging nun ständig mit einer zerschlagenen Nase umher, da die hölzerne Treppe des Glockenturms sehr nachlässig gebaut war.

Hast du gehört, was Choma zugestoßen ist?« wandte sich an ihn Tiberius Gorobetz, der inzwischen Philosoph geworden war und einen frischen Schnurrbart trug.

»Gott hatte es ihm wohl so beschieden«, erwiderte der Glöckner Chaljawa.

»Wollen wir in die Schenke einkehren und seiner gedenken!«

Der neugebackene Philosoph, der mit dem Eifer eines Enthusiasten von seinen neuen Rechten einen so ausgiebigen Gebrauch machte, daß seine Pumphose, sein Rock und selbst seine Mütze nach Branntwein und starkem Tabak rochen, drückte augenblicklich seine Bereitwilligkeit aus.

Вошедший священник остановился при виде такого посрамления божьей святыни и не посмел служить панихиду в таком месте. Так навеки и осталась церковь с завязнувшими в дверях и окнах чудовищами, обросла лесом, корнями, бурьяном, диким терновником; и никто не найдет теперь к ней дороги.

Когда слухи об этом дошли до Киева и богослов Халява услышал наконец о такой участи философа Хомы, то предался целый час раздумью. С ним в продолжение того времени произошли большие перемены. Счастие ему улыбнулось: по окончании курса наук его сделали звонарем самой высокой колокольни, и он всегда почти являлся с разбитым носом, потому что деревянная лестница на колокольню была чрезвычайно безалаберно сделана.

- Ты слышал, что случилось с Хомою? - сказал, подошедши к нему, Тиберий Горобець, который в то время был уже философ и носил свежие усы.

- Так ему бог дал, - сказал звонарь Халява. - Пойдем в шинок да помянем его душу!

Молодой философ, который с жаром энтузиаста начал пользоваться своими правами, так что на нем и шаровары, и сюртук, и даже шапка отзывались спиртом и табачными корешками, в ту же минуту изъявил готовность.

»Ein trefflicher Mensch ist doch dieser Choma gewesen!« sagte der Glöckner, als der lahme Schenkwirt vor ihm den dritten Krug hinstellte. »Ein ausgezeichneter Mensch! Und ist so mir nichts dir nichts zugrunde gegangen.«

»Ich weiß, warum er zugrunde gegangen ist: weil er sich gefürchtet hat; hätte er sich nicht gefürchtet, so hätte ihm die Hexe nichts tun können. Man muß sich schnell bekreuzigen und ihr auf den Schwanz spucken, – dann kann nichts geschehen. Ich kenne mich in solchen Dingen aus. Bei uns in Kijew sind doch alle Weiber, die auf dem Markte hocken, ausnahmslos Hexen.«

Der Glöckner nickte zustimmend mit dem Kopf. Als er aber merkte, daß seine Zunge nicht mehr imstande war, auch nur ein einziges Wort hervorzubringen, stand er vorsichtig auf und ging wankend aus der Schenke, um sich irgendwo tief ins Steppengras zu verkriechen; seiner alten Gewohnheit gemäß, unterließ er bei dieser Gelegenheit nicht, eine alte Stiefelsohle, die auf der Bank lag, mitzunehmen.

- Славный был человек Хома! - сказал звонарь, когда хромой шинкарь поставил перед ним третью кружку. - Знатный был человек! А пропал ни за что.

- А я знаю, почему пропал он: оттого, что побоялся. А если бы не боялся, то бы ведьма ничего не могла с ним сделать. Нужно только, перекрестившись, плюнуть на самый хвост ей, то и ничего не будет. Я знаю уже все это. Ведь у нас в Киеве все бабы, которые сидят на базаре, - все ведьмы.

На это звонарь кивнул головою в знак согласия. Но, заметивши, что язык его не мог произнести ни одного слова, он осторожно встал из-за стола и, пошатываясь на обе стороны, пошел спрятаться в самое отдаленное место в бурьяне. Причем не позабыл, по прежней привычке своей, утащить старую подошву от сапога, валявшуюся на лавке.